노을 품은 강물 소리

노을 품은 강물 소리

발행일 2023년 5월 23일

지은이 서인자
펴낸이 손형국
펴낸곳 (주)북랩
편집인 선일영 편집 정두철, 배진용, 윤용민, 김부경, 김다빈
디자인 이현수, 김민하, 김영주, 안유경 제작 박기성, 황동현, 구성우, 배상진
마케팅 김회란, 박진관
출판등록 2004. 12. 1(제2012-000051호)
주소 서울특별시 금천구 가산디지털 1로 168, 우림라이온스밸리 B동 B113~114호, C동 B101호
홈페이지 www.book.co.kr
전화번호 (02)2026-5777 팩스 (02)3159-9637

ISBN 979-11-6836-923-8 03810 (종이책) 979-11-6836-924-5 05810 (전자책)

노을 품은 강물 소리

서인자 두 번째 시집

머릿글

저무는 노을은 아름답다.

물안개 피는 새벽 강 역시 더없이 신비롭고 경이로우며 창조주의 자연 사랑, 생명 사랑은 헤아릴 수 없을 만큼 무한한 은혜이며 힘이다.

오늘 나의 작은 소망으로 사랑과 감사로 빚은 두 번째 시집을 출간하게 됨에 기쁘기도 하며 부족함에 부끄러움이 앞선다.

내가 성장하면서 자연의 사랑이 얼마나 맑고 순수한지, 흙의 사랑이 얼마나 진실하고 순박한지 잘 알며 살아왔기에 내가 가지고 있는 자연 사랑 예찬을 지금도 끊임없이 하고 있다.

나의 삶이 행복하고 긍정적인 이유도 아름다운 자연으로부터 샘솟는 정신 성장을 길러 온 것이 아닌가 생각해 본다. 나이 탓으로 조금씩 감성과 감정이 통로를 잃어가고 있지만 아직은 자연의 위대함을 경외할 수 있는 더 나은 사랑을 쓰면서 제2의 인생을 살고 싶음이다. 아쉽게도 나의 내면의 그릇이 작고 좁을지라도 하느님의 사랑으로 탄생한 모든 자연 생명이 세상에 존재하는 한 아름다운 참사랑을 멈추지 않고 시로 노래하고 싶다.

나의 모든 사랑은 자연에서 시작되었으며 읽을수록 익은 맛이 나는 그런 시와 가슴에서 키워 내는 순수한 시를 앞으로 더 새로이 쓰고 싶다.

마르지 않는 산하의 강물처럼….

차례

마음의 여행

산새 지저귀는
먼 산봉우리
종다리 해 저문다
요염이 울 때

재 넘어 솔밭
금빛 송홧가루
바람의 언덕을 넘는다

오월 푸름이
완벽히 물든
하루의 끝자락에
고요로이 다가앉으면

세월의 흔적은
손금 위를 더듬고
내 인생의 강물은
내 가장 낮은 데로 흐른다

세월 바람이 빗장을 열어
한 조각 기억을 뒤적일 때
나는 야위어 가는
나의 시간 앞에서

숱한 뉘우침들을
조용히 침묵으로
부둥켜안는다

가끔 나는
나에게로 떠나는
여행을 한다

색채와 리듬으로
여백을 채우며
삶이 물들어 가는
마음의 여행을 한다

서둘지 않아도
노을은 지고
생명이란 어느 때면
떠나야 하는 확연함에
때론 목마름도 느낀다

아름답던 꽃 시절
더는 올 수도 볼 수도 없어
여기까지 온 내 늙음이
빈 뜰을 서성인다

이제는
태고의 전설이 된
하늘 별을 헤며
성숙한 인생을
완성해 가자

오늘이 끝나도
슬프지 않은 건
그래야 내일이
다시 오거늘

어둠이 찾아와도
적막하지 않은 건
그래야 내일 다시
웃을 수 있거늘

숲에는 바람이
바다엔 파도가
생명엔 끝이 있음을 알아
나는 오늘도
평화로이 마음의 여행을 한다

높은 장벽

애초의 하늘 땅은
찬연하였으리라
지금 광야에는
불신의 바람이
거세게 불고 있다

관계는
슬프게 질타로 돌아서고
미덕과 사랑
용서와 화해는
끝없이 추락하고 있다

어쩌다
뭇 심연의 안타까움이
시간과 공간에
목마른 허기감으로
차 오고 있는 걸까

이해와
관용은 어딜 가고
온유와 배려는 어딜 갔나

어서 세상이
아름다워지도록
꽃들아 피어
사랑의 향기로
미소를 뿌려 다오

세상이 하나로
사랑할 수 있도록

언덕 저편
신선한 바람아
구름 덮인
어둠을 거둬라

별과 하나였던
새벽 맑음이여
풀잎 영롱한
수정 깨끗함이여

한 올 연민을
옷깃에 감싼
순수함이여

때 묻지 않은 그대로
다시금 자연의 대지에
사랑의 씨앗을 뿌려라

혼탁하고 시끄러운
세상이 아니길
잘났거나 못났거나

살아서 여정의 정착지로
모두가 가는 길 위에서
세상사 품어 안을

아름다운 사랑

힘겨운 세상살이
고난의 눈물 닦아 줄
그런 미더운 사랑

비탈진 바윗길
돌 틈 풀꽃 하나도
품을 줄 아는
깊고 넓은 사랑

그런 사랑
하늘이시여
빛으로 내리소서

영혼의 아름다운 이야기
한 다발
엮어 놓을 수 있도록

피서지의 풍경

갯내 흥건한 새벽
헐렁한 자유를 걸치고
한 겹 여유를 두른 채
비릿한 바람 속을
내가 걷는다

세월을 이고 선
송림 사이로
너울 파도가 일 듯
여명이 밝아 오고

수런수런
인적이 왕래하는
검푸른 바닷길
그곳을 내가 걷는다

낭만을 즐기며
짠 내 배어든
옷섶을 열어
마음 빗장 풀고
느리게 걷는다

해풍 휘감고
위엄 내뿜는 해송
어느 인걸의 발자취 따라
그 길을 나도 걸어 본다

이렇게 훌쩍 집 나와
푸른 바다를 끼고
간간이 안개 흐르는
아침을 열어 가노라면

내 늙음이 무색할 리 없고
허무롭다는 겨를조차 없어
온화하게 스미는 행복만이
그냥 참 좋다

한 생을 이끌어
갈피마다 다져 온 정서
추억과 기억을 다듬으며
청춘을 완벽히 반납한 지금

후회 없는 인생
이 홀가분한
영혼의 행복은
온전히 나의 것이리라

앞서간 물결도
뒤에 오는 물결도
내 조용한 삶을 베고 누워
나와 함께 고요히 흐르리라

노을이 수평선에 잠기면
벌거숭이 자유들은
거미줄 같은 스트레스 씻어 내려
넓은 바다를 헤엄친다

나도 내 안에 가두었던
소심함 꺼내어
구름 사이 반달로 미소 지으며
황혼을 예찬한다

쉼이 필요한 시간
지상은 하루를 거두고
웅성이는 아쉬움은
잠들지 않고

별빛 같은
아름다운 울림만이
고여 든다

내일은 또 어떤
튼실한 새잎이 돋아날까

나는 또 얼마나
걷고 걸어갈까

사니까 참 좋다

동해 팔월

인생은 편지 같은 것

인생은 기나긴 한 통
영혼의 편지다

황혼을 바라보는 인생은
저물어 가는 노을 함께
어둑어둑 미끄러지며 흐르는
강물 같은 것

꽃들의 아련함을 느낄 땐
그리움과 사랑의 마음을 쓰고
잎들의 가냘픔을 느낄 땐
이별의 수채화를 가슴에 그린다

황혼의 마음은
숲에 우는 바람 같고
늙어 가는 애끓음은
나무에 걸린 구름 같은 것

또다시 재촉하는
계절 걸음이 다가서고 있다
다시금 마음 안에 남아 있는
욕심 찌꺼기 내려놓고
아름다운 고독을 써야 할까 보다

또한 인생의 세월이 쌓여
맑은 날에는 하늘을 보며
은혜로움을 쓰고
흐린 날에는 속죄하는
눈물을 써야 하리라

기나긴 인생의 편지에
누구도 답장을 보내지 않는다
언젠가는 홀로 가야 하고
홀로 외로워야 할 시간이
스스로 주어질 테니

누구나 한 생에
수많은 사연들을
영혼으로 편지를 쓰며
아리고 기쁜 세월을
살아 내고 있다

그렇게 슬프고 아름다운
긴 인생 편지를 쓰다가
고요히 멈추어야 할
그런 날 그런 시간 오면

그때는
살아온 날도
머물다 갈 날도
모두 쓰다마는
한 통의 편지로 끝이 나리라

인생의 완성은
죽음이라 하였던가

그리울 땐

봄이 오고
아지랑이 일면
보고픈 사람이 올 것 같아

나는 그와
다정히 차를 마실
연둣빛 찻잔을 꺼낸다

꽃이 피면
진달래길로
반가운 사람이 올 것 같아

고급 지진 않아도
소박한 마음 담아
소반을 준비한다

달이 뜰 때
달빛 사이로
그리운 사람 정말 온다면

나는
달빛 방 한 칸 만들어
옛이야기 나눌
추억 상자 나란히 두어야 해

철없이 순수할 때
꽃잎 따며 좋아했던
고운 추억을 안고

행여 수줍은 얼굴
내 앞에 서면
내 먼저 따뜻한 손길
내밀어야 해

그러다
좋은 사람 아니 오면
냇물 소리 들리는
길모퉁이 나가

아직도
못 잊어 그립다는 말
바람결에 전해 볼 거나

나이 저무는
아름다운 길에
한 번 더 미소지며
걸어봐도 좋을 사람

세월이 멈추지 않아
나는 나대로
그는 그대로

이제 와
돌아보니 그리움이다
순박한 행복의 여유다

먼 훗날
은하수 가장 가까이
영원한 동심의 별로 떠서

지난날
그립고 그립다 하리

인생은 흐르는 물

봄꽃이 지고 나면
산 녹음 우거지고
새봄에 울던 종다리
어느 먼 곳 떠난다고

그대
서러워 말아요

뒷산자락
바위틈에
철쭉이 시든다고
해넘이 바라보며

그대
울먹이지 말아요

인동꽃 모진 향기
차마 옛 세월
옛 시절의
그리움에 비할까마는

이제는
숲을 흔드는
비바람이
비창을 노래해도

그대
노엽거나 애달파 말아요

어느 땐가 나도
운무에 싸인
달빛에 기대어
사위어 가는 그리움에

애잔한 감성 동이로
젖어 본 적 있다마는

어차피
심산에 깃든
옛것 모두
차면 기우는 달 같은 것

지난날
삶의 지게 위에
말없이 걸터앉은
빛바랜 시간도

인생사 여며 온
낡은 세월 옷도
모두 벗어 놓은 지 오래
홀갑하고 흡족하지 않나요

비록 백발에
조금은 노약해도
마음속 정자에서
학 같은 여유 품으면

팔경(八景)의
행복인들
못 누릴 리 없거늘

고귀하고 깊은 인연
홍자색 초롱꽃이
아직은 피어 있어
황혼의 행복을
그대에게 드리리

이 오월
아름다운
청자빛 고운 사랑도
그대에게 드리리

그대 지금
행복한 사람이여

꽃은 피었다
향기 함께 지고
여울물은 흘러
더 넓은 쉼터로 가듯

인생도 단 한 번
축복으로 와서는
알 수 없는 끝을 향해
흘러감은 당연이오

그 끝에
작은 방 한 칸이
전부라 할지라도

오늘 이 순간
바로 지금
행복을 아는 사람은

그래도
행복하다 기쁘다
말하리니

인생은 흐르는 물
그대가 흐르면
나도 흐르고

그대가 행복하면
나도 행복할 거외다

노을 품은 강물 소리

겹겹이 부는 바람
숲으로 가고

산기슭 걸린
하루해

노을 품고
빈 들에 눕는다

어둠 한 모금
삼킨 하루는

나직이
외로움 던져 놓고

하얀 서리 밭에
걸터앉아

이슬처럼
잊히려 하네

나는 지금
수수히 늙어

노을 앞에
마주 서 있어

구름처럼 강물처럼
흘러가고 있네

내 모든
아름다운 기억들

노을 보듬고 흐르는
강물 소리로

한 폭
가슴에 앉히리라

노을 길에

숲이 달을 품을 때
나 그리움을 알았고
들꽃이 해를 품을 때
나 사랑을 알았네

강물이 하늘을 품을 때
저녁 그림자 같은 연민을
붉은 노을이 휘감을 때면
내 마음은 낙조에 잠겼네

구름이 햇살을 가리워도
황금빛 수선화는 피는데
인생을 품은 나그네의 침묵은
격조 잃은 쓸쓸한 비애이던가

서쪽 하늘에 검붉은 석양이
바람이 부는 대로 흩어지면
나는 내 늙음을
별빛 달빛으로 쓰다듬으리

지난밤 꾼 꿈에
내 님의 야윈 모습
억겁으로 맺은 인연이
측은하여 뒤척이며
눈물 한줄기 이불 속에 묻었네

나무와 풀뿌리가
대지의 가슴에서 생명물을 얻듯
내 님의 은혜로운 사랑에
오늘 감히 내 님은
나의 심장이라 말하네

송죽처럼 기댄 채 산
이 믿음 이 사랑
바다에 닿을까
하늘에 닿을까

나의 사랑 나의 향기가
내 님의 노을길에도
흠뻑 젖어 고이리라

산다는 건
참 행복한 것
노을길 함께 걸어가리

나로 행복하자

붉은 노을 몇 가닥이
솔숲에 기대앉아
해 질 녘 산빛이
은근하다

바람이 언덕을 넘나들고
엷게 드리운 안개 걷히니
언뜻언뜻 드러나는
산 풍경의 윤곽

차갑도록 도도한
한 폭의 묵화인 양
무언의 감흥에 젖게 한다

숲길 작은 개울엔
바위 밑 쓰라린 골바람이
매섭게 정적을 휘감는다

이 한겨울
행여
조용히 마음 비운

어느 노심의 맑은 평정을
시리도록 고독케 하진 않을까?
아프도록 쓸쓸하면 어찌할까?

그러나 물바람같이
긴 세월 흘러
버거웠던 짐 푼 노년의 여유

연륜의 지혜와
인생의 깨달음으로
그 무엇도 두렵다 아니하리니

꽃잎 하나하나
곱게 모여 이루어진
한 송이 고고한 꽃이듯

노년의 젊은 날에도
순간순간의 사랑을 모아
행복 항아리 가득
채웠으리라

창을 열면 혹한이
매의 날개처럼
기세를 부린다

그러나
나의 작은 마음 방엔
예닐곱 송이 국화 향이
찻잔 속에 따스히 번지고

마른 수선화
여남은 잎에서도
아기자기한 미소가
온기처럼 흡수된다

이 나이
마음 한가운데
달빛 한 대접 쓸어 담아

그 달빛 베고 누워
새벽이 투명할 때까지
그윽한 꿈을 꾸고 싶다면
망상이다 미련이다 할까

무어라든
노년은 결코 허무하거나
시름에 젖는 길만이 아니다

황혼에 기우는
외로운 나그네는
더욱 아니다

쉽사리 떠나가는
애처로운 방랑자는
더더욱 아니기에

금싸라기같이 귀한
시간들 감정들
나를 위해 쓰고
나로 행복했으면 좋겠다

수려한 비경보다
사랑하는 사람들과
따뜻한 웃음 나누고

옥빛 자홍빛 기쁨을
함께 빚어낼 수 있는
좋은 벗들 있으면
이 또한 행복이리라

조금은 생각과 기억이
깃을 접어 가도 괜찮다
이 나이 다 그렇다

다만 소중한 내 시간
내면의 소리까지
잃어 가면 안 된다

인생은
죽는 날까지
절대 죽지 않는다

그러므로
나의 존재 나의 가치
나를 찾아 사랑하고
나로 행복했으면 좋으리라

나의 모든 것을
사랑할 줄 아는
노년이면 좋으리라

세월 길

젊어서는 더디 가고
늙어서는 순식간에 지나간다더니
지금 와 돌아보니 아득한 세월
어디론가 모두 흘러가 버렸구나

흐르고 흘러 어느 틈에
백발 나이 성성하고
앞길은 짧기만 한데
푸르던 그 젊은 시절 다 어디로 갔나

되돌릴 수 없는 시간들
그 속에 간직된 기억과 사랑
되돌아오는 메아리 하나 없이
그 또한 어디론가 달아나 버렸네

세월 참 유수 같다
걷고 사색할 시간조차
짧기만 한
벌써 며칠밖에 남지 않은 한해다

내 탓을 모르고
남의 탓을 한 적 있어
한 해가 저무는 이즈음에
미안한 생각에 무거운 돌 하나
가슴에 있는 듯하다

좀 더 배려하고 품을걸
더 사랑하고 이해하고 베풀었어야 했는데
그리 살지 못한 것 같아
한 해를 마무리하며 후회가 남는다

지금 내 인생의 세월은
어디쯤 와 있을까
달팽이처럼 느리게 달빛 벗 삼아
고요한 밤 기슭에 닿아 있을까

남은 세월이 재촉하니
사치스럽게 멋 한번 부려 보고 싶어도
마음은 무성한 숲이 되고 싶어도
반짝이는 아침 햇살이 되고 싶어도
모두 가슴이 허락하지 않네

세상은 또
지금의 현실을 내 앞에 펼쳐 놓았다
모든 것은 셀프 시대
눈과 손끝이 어둔한데 어떡하느냐

옛 정서 옛 문화 옛 정취
넉넉했던 많은 것들도 변하고
인정도 사랑도 무디어 가고 있는데
그래도 이 편한 세상 아름답고 행복하여라

옛 초가지붕에 내려앉은
포근한 겨울 햇살은 볼 수 없어도
여인네 새하얀 버선코의 섬세함을
아직도 기억하는 마지막 세대가
나일지라도
살기 좋은 세상이 참으로 좋다

다시 내일이라는 하루해가 뜨고
그 시간이 나와 함께 흘러도
나는 겨울 모퉁이
하얀 낭만을 쥔 채
그리운 봄을 기다릴 것이다

가을비

새벽바람에
구월이 들고 온
가을 소식을
비에 젖은 숲새 소리로 듣는다

비스듬히 누운
잿빛 하늘이
서늘한 창가에
비를 뿌리고

나무들은
뒤척거리며
서로 기댄 채
먹먹하게 서 있다

어느새
익숙해진 가을이
텅 비고 쓸쓸히 파고들어
포근함을 잃어 가고 있다

가을이란
영글어 익고 떨어지는
우수의 서글픔 있어도

더 완숙하고 완전한
나이테 하나
새겨 놓는 것이지

가을의 본색이
비애라 해도
풍요로운 선물의
찬란함이기도 하지

저 비 젖은 산 위
곧고 정결하게
빗질하고 선 나무들
오랜 세월의 향기가
빗속을 타고 흐른다

쉼터

무더운 날에는
맑은 물 흐르는
계곡 옆에서

푸른 솔
그늘 아래
정자 하나 지어 놓고

내 마음 쉴 곳에
추억 나무 한 그루도
심어 보자

누가
앉았다 간
바위 아래는

하얀 물보라
꿈꾸듯
맴돌고

그리움
감싸 안은
싱그러운 초여름

푸르름을 베고 누운
하늘 닮은 한 사람이
평화롭게 쉬고 있다

낭만

넓은 정원에
한없이 고요로이
봄비 내리고

어느 그리움이
사랑비로
감미로운 날

나는
고전미 풍기는
골동품 의자에 앉아

하염없이
가슴을
적시곤 하네

봄비 소리
찻잔에 담아
흐르는 낭만에 취한 채

눈물겹도록
아름다운 시간을
사랑하고 있네

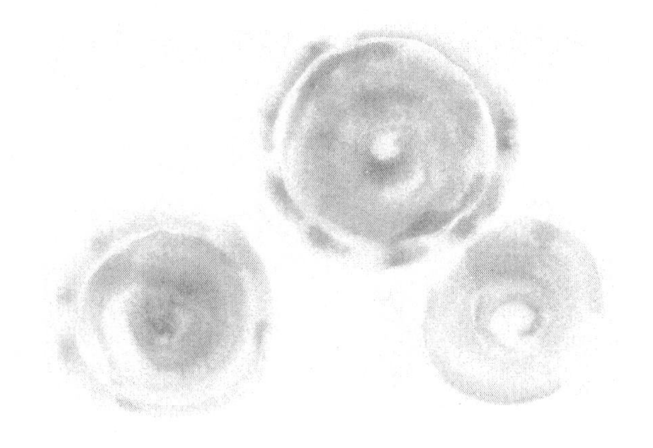

참 예쁜 이름

나지막한 산자락
어디쯤에
꽃들의 뜨락이 있다 하네

꽃바람 솔바람 머무는
향기의 뜨락이
있다 하네

피어서 낙화까지
조용한 자존심의
동백도 있다 하네

인생의 필요한 교양과 겸손
그 차림새 학 같은 이
산다 하네

그에게선 아름다운
자연이 보여

꿈이 승리를
일으키도록

사람의 향기 품은 이
거기에 살고 있네

산새 지저귀고
온갖 꽃 어우러져 핀 정원에

참 어여쁜 사람
살고 있다 하네

향기로 리본을 달고
살고 있다 하네

기쁨의 문을 열고

나에게 기쁨을 주려고
하얀 겨울 길을 걸어
새해가 다가오고 있다

차가운 회색 벽을 넘어
고요한 정적 속으로
기쁨의 소리가 들려온다

매년 맞는 새해 새 나이가
나에게 기쁨의 문을 열어
마음 안에 새로운 열매를 맺으라 한다

사랑과 우정의 열매
믿음과 배려의 열매
온유와 감사의 열매를 맺으라 한다
또한 비우고 버릴 것도 알려 준다

한 살을 더 보태고도
누구를 미워하는
마음이 남아 있다면
사랑하여 미움의 고통을 벗으라 한다

이렇듯 새해 새날이란
그저 얻거나 그저 채워짐이 아니다
많은 것을 깨달아 알고
생각의 깊이도 한 뼘씩 자라나
미비하고 부족한 나를 돌아보게 한다

인생이란
초로와 같음이 아니라
지금 이렇게 살아 있음이
영광이며 기적이기에
이 행운에 감사하며
더욱 슬기롭게 살아야 한다

천 조각 하나하나를
정교하게 이어 왔던 지난 삶에서
이제는 자유롭고 홀갑한
무한한 여유가 정말 좋다

지금 나는
새해 새 기쁨을 맞이할
행복의 창을 활짝 연다
한 살을 더 선물로 받을
나의 서재엔

이미
향기로운 순백의 백합이
단아하게 웃고 있다
노을도 오늘따라
붉게 타오르고 있다

그러므로
아무런 아쉬움도
모자람도 없는
이 해를 보내고
힘찬 새해 행복한 노후를
맞으려 한다

시간 속의 여행

지나간 시간 속에는
나를 키워 낸
인내가 있습니다

살아온 삶의 크기엔
웃고 울며 녹아내린
사랑의 빛이 있습니다

내가 작아져야
피어나는
향기를 알았고

내가 겸손하고
온유해야 할
낮은 자세를 배웠습니다

나는 지금
나를 알아가는
시간과 여행 중입니다

파란 수평선처럼
은빛 별밤처럼

아름다운 자유와
존재 이유를 알기 위해

내 인생의 끝자락
찬란한 여행을 합니다

도무지 알 수 없는
생명의 마침표엔
마음 쓰지 않습니다

더 값지게
나를 알아 가는
시간 속의 여행을 합니다

노을 아래서도
행복해야 할
남은 인생을 여행합니다

내게 주어지는 시간과
지금도 여행 중입니다

떠나 보면

떠나 보면 안다
텅 빈 채로 떠나면
더 많이 안다

시간 따라
흐르고
음악처럼 흐르며

고요한
생애의 행복을
노래해도 좋다

떠나보니 알겠더라
설레는 새로움이
꽃이 되는 것을

그리워하다 보면
사랑이 되는 것을

먼지 쌓인
일상을 떠나
맑은 자연에 안기면

몸짓조차
새가 되어
하늘을 나는 것을

걷다가
쉼터에 앉아
나직한 음성으로

그대를 사랑한다고
아이처럼
외쳐도 보고

이유

어둠이 내린
겨울 숲속에
별 하나가
그리움을 쓴다

더 나아가
사랑을 쓰고
내가 살아가는
행복한 이유를 쓴다

나도
별빛 닮은
아름다운
이야기를 쓰고

노여움도
두려움도 없는
나의 인생을 쓴다

그리고
내 노년의 그릇에
따스한 행복을 담는다

나처럼

누군가도
나처럼
그리움 하나쯤
안고 살겠지

어떤 이도
나처럼
꿈동산 하나쯤
간직하고 살겠지

앞에는
푸른 강
뒤에는
병풍 같은 산

그 아름다운
풍경을 그리워하며
나처럼
사랑 하나쯤
간직하고 살겠지

가을 별이 수놓고
달이 기우는 밤하늘을
누군가도
나처럼 못 잊어 할까

그리움이
가슴을 흔드는 오늘은
차라리
한 그루 숲나무로 서 있자

함께라서

인생이란
산과 들을 지나
끝없이 걸어가야 하는
먼 여행길이다

혼자라면 고단할
흙길 돌길도
함께라면
행복이 기다리는 길이다

긴 세월
흐르는 동안
하늘 닮은 사랑으로
바다 같은 넓음으로

서로
노년을 기대어 사는
아름답고 편안한
우리로

붉은 노을 아래
행복 자락 깔아 놓고
함께 가는 노후는
참으로 좋기도 하다

그 섬

유난히 짙은 향기와
풀벌레 울음이
가슴을 파고들던
그 섬의 가을 길에서

구절초 한 송이씩
바구니에 따서 담는
자태 고운 스님을 바라보며

구절초만큼이나 향기롭고
아름다운 모습에
우리는 숙연해졌다

손수 씨 뿌려 가꾸어
동절에 찾아올
여행객을 위한
다도를 준비한다 했지요

바로 앞 언덕 아래
파도 소리와
물거품의 아픈 결정들이
수없이 부서져 내리는 해변

언제나
바다가 반사하는 빛에
해송은 붉은 갑옷으로
자유롭게 서 있었다

황혼에 무르익은
몇몇 나이들이 모여
그 섬 그 해변에서
해지는 줄 모르고 행복했다

오늘도
그 섬에는
파도 소리와
물보라의 곡예는 계속되겠지

겨울 시련

태연하게 지나왔어도
긴 겨울 고독은
감당하기 어려운
두려움이었다고 말한다

누가 누군지 모를
가려진 얼굴들을 보며
작고 어둡고
불 꺼진 불안 같다고 말한다

표정 없이 어설피
돌아서는 외면에
무슨 진리가
있더란 말인가

그러나 사랑이신
신의 가호는
갇히고 부서진 영혼을
다시 일으켜 치유하며
인향(人香)의 꽃을 피울 것이다

또한
지상의 모든
생명체를 품어 안은
봄의 모성이
거룩한 기쁨으로 달랠 것이다

희망의 봄이 오면
숨죽여 흐느끼던
전설의 개울도
어둠을 깨고 소리 내어 흐르고

심술부리던
깡마른 바람도
부드럽게 불어와
세상을 훈훈하게 할 것이다

오늘의 바다

유난스레 날뛰는
성난 파도
오늘 바다는
사람의 발길을
받아 주지 않는다

쓰디쓴
삶의 한 부분을
고스란히 풀어 놓고
행복만 고이 접어 가져갈

어쩌면
광란적 호기로
힘차게 포물선을 그려야
후련할 사람 있으련데

모퉁이 걸어 둔
힘겨운 짐을
다시 메고 갈 수는 없으리니
짐 무거운 사람아
저 바다에 버리고 가렴아

누구나 뛰어들어
자유로울 자격 있어도
험상궂은 바다는
결코
오늘을 허락하지 않는구나

마음이 무거운 사람
마음이 행복한 사람
오늘은 모두가
이별 같은 아쉬움으로 돌아선다

상념

사랑했던
달빛 강에
백조로 날아들까

노을 지는
붉은 강에
물살로 흘러들까

내 사랑은
달빛 안개
가슴에 둘 수 없어

그리운
옛 강에
흘러들게 하고파

어느 날
사랑 강에
백조가 날거든

먼 곳의
그리운 사람
소식인 줄 알아라

마음 방 하나

텅 비어 있다
마음 방이 너무 넓다

비어 있는 마음 방에
덩그러니 나이만 남아 있다

놓지 못하고
쥐고만 있었던
주먹을 펴고

불량스런 세상 소리까지
싹 다 버리고 나니
마음 방이 휑하니 비어 있다

이제
무엇으로 채울까

주님의 말씀을
내 전부로 삼고
진실과 사랑으로
채워야겠다

주님의 뜻을
가득 채운 마음 방에서
기도와 기쁨의 열매가
잘 익어 가도록 해야겠다

죄없이 거짓 없이
부끄럼 한 점 없는 오늘도

기도하는 마음 방에
찬란히 주님 말씀이
넘치도록 해야겠다

인생 나이

강물은 쉬지 않고
흐른다
바람이 머물지 않고
지나간다

구름도 떠돌다
어디론가 흘러간다
인생 나이 또한
머물지 않는다

생명 영혼 인생은
운명의 바다에서
서릿빛 이별로 떠 있다가

질서도 순서도 없이
예고 없는 아픔으로 찾아와
한 점 먼지가 되어

누군가의 가슴속에
그리움을
남기고 간다

지금 나는
내 나이의 계단을 밟고
명산이 천년의 빛이 나는
전망대에 올라 있다

습관처럼
감상에 젖어
낭만으로
감미롭게 물든다

한 해의 끝

또다시 한 해의
끄트머리에서
언제 세월이 이렇게 갔느냐고
허무한 타령을 하게 되는
그런 때가 되었다

꽃으로 온 세상을
곱게 물 드린 봄이 가고
이글거리며 소란했던
그 여름도 가고

서러이 휘날리며
울부짖던
상처투성이의
낙엽 가을도 지나

또다시 찬바람에
옷깃 여미는 날이 오면
햇볕 잘 드는 담벼락에 기대
고독에 움츠러들기도 하겠지

오늘 밤
그대 창에
등불 밝혀 두어라
계절의 아쉬움이 얼룩지지 않게

그대 창에
등불 켜 두면
선로처럼 긴 겨울도
고통을 삭여 내는
아름다움이 될 테니

아는 만큼 아름다운 길

그 언젠가 나에게
가을이 오면
별빛 같은 그리움 하나 있어
밤 깊은 뜨락에
홀로 뜬 달이 되기도 했다

문밖을 스치는
마른 갈잎 소리에도
그 무슨 사연 있는
고백처럼 느껴져
괜스레 가슴이 젖기도 했다

늦가을 조각들이
쓸쓸히 얽히고
향기 잃은 삭막함을 두르면
빈 마음 방울방울
감성으로 채우기도 했다

때로는 가을비 내릴 때
묵직하게 젖은 낙엽 위를
저벅저벅 걸으며
주머니 속에 어둠 한 줌 쥐고 온
유난함도 있었다

이렇게 표정 잃은 채
소리 없이 저물어 가는 늦가을은
옛일을 잊은 채
지상의 서릿길로
천천히 떠나기도 한다

이제 나는 멀리 와 있다
그러나 더 정답고 아름다운 길
쉼이라는 시간의 여유와
자유를 즐기는 나이에 와 있다

내 안의 무성한 기쁨을 꺼내어
매일 처음 맞이하는
하루를 위해
한 자루 감사의 초를 켜는
아름다운 석양의 나이에 와 있다

모든 인연을 사랑하고
은혜로웠던 소중함과
고귀함을 품어 사는
참 고마운 나이가 되어 있다

돌아보면 한 올 한 올 다듬어 온 세월
행복하고 아름다운 날들이었다
앞으로 나의 노년의 길도
허락만큼의 행복한 길에
노을이 아름답게 물들어 가리라 믿어 본다

언젠가는
나의 삶과 이름과 육신이
구름처럼 바람처럼 흘러가겠지만
아직 남아 있는 생에는
꿈의 날개를 접지 않으련다

이 아름다운 인생길
서두르지 않아도 가고 있기에
이별해야 하는 가을 사랑 하나
또 한 장을 넘기며
하얀 겨울 열차를 갈아탄다

벗들아!

설을 지나고도
고요한 산 정원에
뼈를 저리는 바람이
헐벗은 나뭇가지마다
두루 냉기를 뿌리네

아직 새 울음 들리지 않지만
겨울 정경 바라보며
번뇌 없는 마음 안에
뜨거운 가슴을
다시 뛰게 해 보자

나이 한 살 더 보탰으니
다음이란 없을지도 모를
오늘이 다인 것처럼

소중한 이 시간 이 순간에
우리들 영혼 육신을 더욱
보살피며 살아야 하지 않을까

나의 벗들아!
지금 우리가 세상에 있는 것에
그 끝은 어디이며
마지막은 언제인지
그런 아무런 생각 하지 말자

모르고 오다 보니
이렇게나 많은 덤을 얻었는데
남은 세월도
아무런 걱정 없이 살면 된다

더 건강하고
자유로운 삶의 기쁨을
마주하기 위해서
무한한 평화를 얻기 위해서
늘 긍정의 기도를 하자

사랑하는 나의 벗들아!

칠월의 외출

가는 세월을 포장해서
서랍 깊숙이 매달아 두면
그럴 수 있다면
이 세월 더디 가려나

어제가 앞서간 길을
오늘의 시간이
목줄을 풀어 놓고 줄행랑치니
칠월도 거침없이 지나가고 있네

무더위가 기세등등하고
이글거리는 태양은
지축을 흔들어
아스팔트를 녹이는 칠월

장맛비가 지상의 목마름을 식혀도
숨쉬기조차 힘들어
온종일 냉수 같은
산바람만 불어오면 좋겠다

아니면 에어컨 켜 놓고
대 돗자리 깔고
시원한 수박 먹으며
무릉도원을 연상하면
나름의 피서가 될까

그럼에도
찌는 더위 아랑곳없이
귀한 지인 부부를 만나
웃고 즐기며 하루를 다 썼네

하지만
세상을 살아가는 길 위에는
오늘 하루가 위태로운
노인들이 길마다 나와 앉아있다

어스름 해 질 녘
돌아가 쉴 곳조차 힘겨운
외로움과 고독이 덕지로 앉은
공원 모퉁이 고단한 얼굴들
발아래 드리운 그을린 그림자
눈빛마저 초점 잃은 노쇠함까지

문득 오늘 나의 행복한 하루를
숨겨야 하는지 미안해야 하는지
무거운 마음에 양심은 눈물이 났다

그래도 돌아오는 길에
좋아하는 꽃을 샀다
온실보다 들에 핀 민들레가 좋고
성모님 닮은 순백의 백합이 좋고
진흙 속에 핀 연꽃이 좋은데

그냥 있는 대로 골라
책상 위에 꽂았더니
너무 아름답다

오래되어 은은하고
고전미를 품고 있어
빈듯하면서도 꽉 찬 느낌의
청자 수반이 한층 돋보인다

내 마음의 수반에는
사랑과 감사
행복의 꽃을 꽂아야겠다

작은 꿈

땅 몇 평 딸린
자그만 집을 지어
풀빛 향긋한 마당에

소박하고 말쑥하게
겉모습도 속 모습도
잘 정돈된 꾸밈으로
반석 하나 놓아 두고

자식들
잘 자라나서
잘 살아 줘서
효심이 지극하여 걱정 없으니

흙벽에 부엌문일랑
옛스럽고 정겹게
두 짝만 달아
장작불 피워 밥 짓고

울도 담도 없는
예쁜 마당 가꾸며 사는
수풀 같은 꿈

아직도 파릇하게
마음에 담고 있는데
이제는 몸이 늙어 있구나

첫말

하얀 종이 위에
첫말을 쓰라 하면

그리움이라 쓸래

산과 들이
녹빛 강을 이루니

그리움이라 쓸래

시선이 가는 곳마다
녹음이 오페라를 여니

그리움이라 쓸래

자꾸 지워져 가는
하루가 아까워
한순간도 그리움이라 쓸래

앞산 해묵은 접나무에
돋은 뽀얀 봉우리
푸른 초롱 등 달고서
온종일 햇살 즐기니

그리움이라 쓸래

그리고
끝말을 쓰라 하면

내게도
멋진 그리움이 있다고 쓸래

푸른 솔

아담한 곳
솔빛 아래서
숲 소리 들으며

새들과
오수를 즐기면
더없이 행복하리라

햇살은
바람을 타고
숲은 피리를 불어

한가로이
구름 벗하면
더없이 좋으리라

아침 이슬 내릴 때
숲 향기 나를 적시면
그 아니 좋으랴

고요하고
한적한
햇살 조는 옆에서

천진스레
멋을 부릴
꽉 찬 사랑한 줄

샘물처럼
흘러나오면
또 얼마나 좋으랴

작은 속삭임이
나를 흔들어 깨우면
무한한 기쁨이리라

세월 그리고 나

세월이 가네
나도 가네
난초 향기 그윽하고
파초는 붉게 피는데

오늘이
가고 있네
나도 가고 있네

시냇가 물길은
그대로 흐르고
뒷산 잔디 그대로인데
세월이 가고 나도 가네

수수만년
엎딘 바위에는
녹슨 수풀 얽혀 있는데

머루 다래
먹던 동심
그 세월이 다 갔구나

백발 염색 검어도
풀숲에 이슬이니
때때로 헛헛하여
잠들기 전 일어나면

버리지 못한
낡은 고리짝 하나
슬그머니 열어 본다

신접살이 부스러기들
아직도 남았는데
그런데 세월은 자꾸만 가네
나도 따라 자꾸 가네

어느 날 깜빡일
햇살 한 줌 쥐고
그 세월 멈추는 날
나도 그렇게 멈추려나

어디쯤일까

어느새 자연은
때가 옴을 알고
제자리를 내어 줄 준비를 한다

하루가 지나고 나면
어제보다 더 짧아진
가을바람 불어오고

가을꽃 떨기는
안개 두른 찬 서리를
밀어내고 있다

침묵하던 산은
조금씩 바래고
나무는 또 그렇게 잎을 떨군다

황금벌판의
금빛 햇살은
알 수 없는 미래를 향해 영글어 간다

지금 나
어디쯤이냐고
내게 묻는다

모두가 가는 길 위에 있고
멀고도 가까운
소풍 길에 있다고 말한다

다 아는 길
가을바람 한 뼘 달려와
가슴 사이에 걸터앉는다

사노라면

지나간 것이
그립다

사람이니까
그립다

이미 떠나간 것
아직 남아 있는 것

모두
그리움이다

달맞이꽃처럼
말 없는 사랑도
제비꽃처럼
진실한 사랑도

그냥 다
그리움이다

갯버들의
포근함같이
자운영 닮은
향기같이

사람이니
그리워하는 것이다

어느 날 왈칵
가슴을 치는 그리움

어이하리
세월 강 건너
가고 없을 때

사람이니
그리워하겠지

사노라면
더욱 그리워지겠지

달빛 길

이 밤
당신이 오실 것 같아
따끈한 차를
끓이려 하네

당신과 마시는
뜨거운 차 한잔
마음이 따스할 생각에
행복해지네

당신이 걸어올
어렴풋한 길
고운 매무새로
마중 나갈까

적막이 드리운
어둠을 밟고
추억 길 걸어서
가만히 나갈까

부드러운 비단
달빛 옷 입고
풀섶 향기로 다가갈까
꽃향기로 기다릴까

멀리서 천천히
달빛 소리로 오실
당신의 발자국 소리
들릴 때까지

노을 길 함께

늦가을
미소가 머물던 자리
나는 오늘
그날을 생각하며

웃음 속에 피었던
한 아름의 꽃을
추억 액자에 담아
걸어 두려 하네

있는 그대로
빛이 나고
충분히 아름다운
사람들

익숙해서 좋고
존재만으로 좋은
고맙고 감사한
좋은 사람들

늙어 가는 모습도
귀하고 값진 이름들도
소중한 인연으로 맺어 온
따뜻한 그대들이여

뭇 별들이
바다에 잠긴 밤
파도가 축제를 열 때
우리들 우정의 잔을 채우며

수많은 세월 걸어온
성숙한 자격으로
넘치도록 채워
사랑의 잔을 들었지

나는 오늘
그대들을 생각하며
금박 보자기에
사랑을 담아

잘 익어 어우러진
향기를 싸서
나의 창에
걸어 두려 하네

우리에게
인생이 길어야
얼마나 길까
서로를 사랑하며

축소도 확대도 말고
지금만 같다면
좋으리라
나도 그대들도

봄은 가까이에

부는 바람이
한결 부드럽다
금방이라도
꽃 소식을 들고
봄이 내 곁에 올 것만 같다

작년에
다림질해 넣어 둔
상큼한 봄 의상을
꺼내야겠다

잠자고 있는
마음속
초록빛 시어들도
하나씩 불러내야겠다

어쩌면
옹기종기 고개 들고
잔기침하며
내 안에서
깨어 있을지도 모른다

영혼의 갈피에
한 땀씩
다채로운 언어를 탄생시켜
향기의 집을 지어야겠다

겨우내
묵묵히 인내하며
지쳐 있던 산도
뒤척이며 일어나
평화롭다

가늘게 실눈 뜬
새 풀잎도
입가에 초롱한
언어를 매달고
봄을 기다린다

창가에
바람 한 줄 앉아
아침에 풀어 놓은
하루의 실타래를 감으며

나에게
오늘을 돌아보며
감사하고
내일의 문을 열 때
기뻐하라 이른다

잘 익은 행복

오뉴월 녹음이
이토록 감미로운 줄
내가 행복해진 후에야
비로소 알았네

공기 한 모금
이슬 한 방울이
이리도 고맙고 예쁜 줄
내가 행복해지니 알겠네

마음 여유와
소박한 삶이
이렇게 소중한 줄
내가 행복해지니 알겠네

날 위해 주고
날 아껴 주는 사람이
이토록 고마운 줄
내가 행복하니 더 깊네

믿음이란
긴 세월에
더욱 익는 열매임을

이 귀한 열매가
사랑으로 익었음을
내가 행복해지니
더 크게 알겠네

마주 보며

당신을
그리움이라 쓰면
별밤 은빛 하늘은

내게
사랑이라고
적어 보냅니다

당신의 눈동자
강물이라 쓰면
아침 햇살은

내게
물안개라
적어 보냅니다

당신과 내가
천생연분으로
오늘은 금혼의 백합이 되는 날

당신을 만나
모든 걸 걸었고
햇빛 같은 사랑도 받았습니다

소중한 사람
오늘도
마주 보니 행복합니다

조금 남은 한 해

창밖에는
세찬 바람이 불고
조금 남은 한 해가
저물어 가고 있다

낮은 산비탈
지난 늦가을
미처 떠나지 못한
아린 쓰라림이 있다

해탈한 듯
땅에 구르는
가랑잎 몇 장
욕심 없이
바람에 몸을 맡긴다

동절(冬節) 속
동백은
내 젊음을
사모하듯 피어 있다

조금 남은
이 해에도
아름다운 사랑으로
풍부하게 살고 싶다

낮에는 해처럼
밤에는 달처럼
누구에게나 비춰 주는
행복을 기도하면서

보일 듯이

별빛이
창가를 찾아들거든
내 마음이
너에게로 흐르고 있음을
생각해다오

숲속에
바람이 일거든
내 마음이 향기 되어
거기 불고 있다고
생각해다오

풀잎에
이슬이 반짝이거든
너에게로 고여 드는
그리움이라
생각해다오

몹시도
별이 빛나거든
그 밤의 고운 이야기와
하얀 추억이
스며 있음을 생각해다오

세상 꽃들은 피어
활짝 웃고 있는데
너만 어렴풋하여라

모과 향기

비가 오면
뜨거운 홍차를 마시고

안개가 짙을 땐
향기로운 꽃차를 마시리

어쩌다
찬바람 짓궂게 불면

모과차 두 잔 놓고
상큼하게 말하리

한 잔은 사랑이며
한 잔은 그리움이라고

그대가 전해 준
모과 향기는

언제나 내 가슴을
따스하게 해

올가을에도
모과가 익으면

특별한 사람
찾아보고 싶으려나

마음의 문

하얀 겨울밤
정적이 흐를 때
고요히 마음 문을 열어 보라

어디선가
적막을 흔드는 소리는
조각처럼 짜여진
삶의 애환인 듯

초로를 지나고 난
바람 같은 자유가
주저앉은 희망을
일으켜 세운다

한 뼘만한
공허를 떨치고
단아한 백합 향이 기다리는
마음 문을 열어 보라

사랑과 인내
용서와 화해
지혜가 미소 지음에
더 무슨 행운을 바라랴

인생이란 여행을 하면서
언제나 기뻐하며
마음 문을 열어 두자

늙는다는 것도 행복이다

나이 들고
늙어 보니
참 편하고
좋은 것도 많다

낡은 소매의
오래된 옷을 입어도
자신감을 두르니
당당한 모습이 아름답다

나이 들고
늙어 보니
이래서 더욱 좋은가

무겁던 짐 내리고
해묵은 허접살이
산뜻하게 정리하고

어수선한 고민들
떨쳐 내고 버리니
머리가 맑아서 좋다

때로는
연륜이 스승이 되어
올바른 가르침을 주니

무엇을 더 가지려
보물찾기 하지
않아도 되고

작은 것의 소중함
마음만의 부요(富饒)로도
곳간이 가득 차니 뿌듯하다

나이 들어
늙어 보니 좋은 건

미완의 갈증이 사라지고
오랫동안 여물어 온
인생이 행복하기에

이제는
심신이 고요한
산책길 걸으며

좋은 음악 듣고
내게 허락된
일상의 기쁨 누리며

가끔은
약속 있는 날
고물 같은 내 모습에

미소와 사랑으로
치장하고 나서면
이보다 더 겸손할 순 없다

내 탓이라 말하는
다정한 눈빛과
용서와 사랑을 아는
아름다운 사람들을 만나면

나이 들어
늙어 감이
얼마나 값지고 훌륭한지
감사할 뿐이다
늙어 보니 참 좋다

팔월의 아침 기도

무더운 팔월
이 아침에도 나는 기도를 한다

장독 위에 정한수 떠 놓고
기도하셨던 어머니처럼

나는 이 팔월 아침에
세상 모든 사람을 위해 기도한다

나쁜 일은 어서 지나가고
좋은 일 좋은 날 어서 오기를

모두가 기뻐할 기도를 한다
내 어머니의 이루신 기도처럼

지금 세상에는
코로나로 온통 고통이 자리 잡고 있다

묶이고 갇히고 하늘길도 막혀
보고 싶어도 갈 수 없다

무더운 날 가족 함께
시원한 나들이 한 번 떠날 수 없다

모두가 지쳐 있음이
일상이 되었다

관계가 절름발이 되고
환경과 정서가 메말라 가고 있다

슬픈 일이다
힘들고 고통스러운 일이다

그럼에도 모두가 받아들이는
안타까운 현실이다

마음까지 묶여
때때로 자유를 갈망하는 몸부림이다

팔월 숲도
숨이 차게 부대끼고

아침에 울던 산새는
어디론가 떠나 버렸다

힘들고 지친 사람들을 위해
나는 계속 기도를 해야 한다

인내

강물은
휩쓸려도
절망하지 않고

바위는
거센 할퀌에도
도도하게 서 있다

송죽은
바람에
꺾여 울지 않으며

안으로 삼키는
강직한 인내는
초연한 선비의
지조와 같다

하늘은
천하를 품고도
넓기만 한 것을

아름다운 이별

비에 젖은 바람 소리
숲으로 가고
어둠은 창가에 졸고
빗줄기 속에서는
아름다운 멜로디가 흘러나와
마음까지 젖게 한다

이런 날은
운무 속에 피는
한 소절 시로 젖어도 좋으리

나에게는
시(詩) 같은 그런 때가 있었다
설익은 햇살에
눈빛마저 어리던
파란 하늘 솜털 구름
같았던 때

알 수 없는
모래성을 쌓으며
두 볼에 살구 빛 돌던
그런 때 있었다

볼수록 고왔던
복사꽃 같은 때
마음 그네 타고 와
작은 가슴 석류처럼 붉게 한
그런 때 있었다

분명 나였고
그런 때 있었고
그것이 그리움이라 묻어 뒀다

유리알처럼 맑고
오래 두어도 따뜻했기에
그대로 남겨 뒀다

예쁜 달빛 사랑
사파이어처럼
가끔 반짝여서
영롱한 사랑 같아
조용히 감춰 뒀다

바람에 꽃이 지듯
지우지도 못하고
진주 같은 하얀 고독
그마저 숨겨 뒀다

오늘의 내가 있기에
다시 꺼내어 쓰다듬는데
세월은 가고 있고
나의 시는 어언
황혼에 마주 섰다

이제는
낡고 빛바랜 기억들
모두 정리하면
따뜻하고 아름다웠던
추억과도 이별이겠지

나는 또
내 나이를 살아갈
노을 속의 시가 되리라

그립다

어디로 가고 있는지
어디에 와 있는지
나는 조금 희미하여
가물한데

책상 위에 놓인
나의 꽃병엔
옛 향기 그대로다

내가 서 있던
옛 강에
오늘 밤도
그달은 뜨려나

밤하늘
은하강에
별들이 잠들던 곳

오늘 밤도
커다란 별 하나
등불처럼
밝게 뜨려나

밤마다
하늘 여행하던
꿈 많던
산골 아이

달빛 흐르고
그림자 질 때
덩그러니 혼자이던 아이

이제는
그리움도 늙어 가네
그립다

마른 향기

조금 남은 한 해의 끝자락
창밖 겨울은 깊고
바람은 세차게
이 해를 거두려 한다

아직 가랑잎 떠도는
나지막한 산 아래
갈잎 솔잎의
향기가 머물러 있다

싸늘한 잔디 위엔
미련이 남은 해탈한 나뭇잎
바스러지며 구르고

낙화가 서러운 듯
조용한 자존심 품은
빨간 동백꽃은 말없이
특권인 양 피어 있다

마치 나로 하여금
젊음을 돌이켜
사모하게 하듯
아름답기만 하다

그러나
겨울 바다에 부딪쳐
솟구치는 하얀 욕망은
이미 사라지고 없다

지금 행복한 것은
나이만큼의 쓰임대로
낮에는 햇살 더불어
밤에는 별빛 더불어
기도하며 살고 싶음이다

오늘 하루

지금의 나로 여기 있어
모든 것이
아름다워 보인다

지금 나의
수수한 모습으로
한껏 여유를 부리며

느긋한 마음으로
젊음 속에 끼어
거리를 활보한다

무심히 지나쳐도
나에게
아무런 관심 없지만

신선하고 풋풋한
그들이 좋아서
자신 있게 섞여 걷는다

발랄한 모습
싱그러운 청춘
자유로운 영혼들

바다가 왜
젊은 그대들을
부르는지 알 수 있다

그들은
해수를 박차고 올라
공중으로 날으며

하얀
물보라 속으로 힘차게
율동을 한다

끝없이 철썩이는 파도에
어울리지 않지만
나도 낭만을 수북이 채운다

갯내음 물씬 나는
고조된 카페
불빛 아래서

오늘 하루
검푸른 파도를
담아 온 마음을

한 줄 한 줄 써 내려 가니
값비싼 커피가
아까울 리 없다

지금 나도 여기 있어
이 커피 한잔과
홍조 띤 젊은이들이
내겐 진정한 행복이다

마음

마음이
숲이 되는 날엔
구름이
나에게
세월 사진 찍어 주고

가슴이
강 같은 날엔
내게로
흘러 닿는
그리움이 되어 준다

기억 속에
숨어 있는
빛바랜 추억

하얀 마음
빗물로 삼키는
허공

어떤 날

가을 산이
아직은 한층 붉다

길가
떨어진 잎들이

바람에 쓸리어
섧다 하네

수풀 새가
떠나고

햇살이
빈자리를 찾아

늦가을의
엽서를 놓고 가네

마른 잎사귀에
소설(小雪) 바람 일고

해묵은 연민이
한 잎 차가움에 울먹인다고

추억 같은
엽서 한 장을

햇살이
내게 놓고 가네

산다는 의미

산다는 것에는
아기자기한
사랑과 기쁨이 있다

반면에 꽃길도
가시밭이라면
첫걸음부터 아플 것이다

그러나 산다는 건
아픔보다 행복이 많다
그러므로 긍정의 힘에
의미를 부여해야 한다

너를 이해하고
사랑해 주고
나를 너그럽게 만들고
베풀게 하면

산다는 건
가치 있는
아름다움이다

몰랐기에 부족했지만
오래된 나무에
잎이 무성하듯

존재의 이유를 알게 되면
그 자리에 그렇게
있어만 줘도 감사함이다

산다는 것의 숙제는
마음이 다정스럽고
생각이 온유해지는
그런 방법으로 풀면 된다

산다는 것의 중요함을
잃지 말아야 할
사람이기에

비 오는 날이 좋다

비가 내린다
바람이 잠자는
숲속에
조용히 비가 내린다

이런 날이 좋다
누군가
살짝 생각날 때
커피 한 스푼의 이 맛

한 손엔 추억을
한 손엔 낭만을 쥔 채
행복을 저어 마시니
정말 좋다

누군가와
빗속을 걸으며
그때 남겨진 얘기는
꽃처럼 지고 없지만

비가 오면
빗물 타고
에메랄드 그리움이
눈물 되어
창가에 흐른다

나는 지금 웃고 있다
얼굴은 연분홍이고
마음은 토실했던 때
내가 정말 예뻤던가
스스로 물으며

비오는 날이 좋다
생의 행복이
포근한 내 보금자리에
머물러 있으니

십이월의 아침

따뜻한
차 한 잔 들고
겨울 창밖을 보아요

바람은 시리게
불고 있지만
마음 안엔
햇살이 앉아요

저들의 운명인지
아프게 구르는
마른 잎들

나의 옷소매에
혹한이 스며들면
나는 무엇을 얻고
남기려 할까

나는 아마
좋은 인연들의
고마움과 감사함에 기도할 거예요

좋은 사람들과
편안한 관계를
더 오래 이어갈
기도를 할 거예요

그리고
이 겨울
붉은 동백의 자태와
시클라멘의 아름다움과

샛노란 복수초 같은
겨울꽃들의 향기로
모두에게 사랑을 전할 겁니다

별 뜨면

밤하늘
별이 뜨면
쓸쓸할 때 있었다

별빛이
나를 타고 흐를 때
고즈넉해
눈물 나던 때 있었다

마음에
꽃이 핀들
지고 마는 울적함 있었다

강을 건너
다리를 지나
다시
별이 뜨는 밤

내 등엔
노을이 업혀 있어
지금은
산나물 향기처럼 산다

노년을
행복하고
아름답게 말이네

그대는

한여름 짙은 숲 아래
계곡이 빚어내는
첼로의 선율을 들어 보았나

청량감으로
온몸을 감싸는
초록 물감에 젖어 보았나

머리 위에
숲으로 지붕을 지어
바람도 잠시 쉬어 가는
휴식을 가져 보았나

오랜 세월
묵묵히 지새 온
넓적한 바위에

화폭처럼 앉아
숲이 된 듯
편안한 행복을 느껴 보았나

이렇게
싱그러운 숨결을
그대는 아는가

밀어의 다리

황혼 무렵
내 잔에 담긴
곱디고운 밀어를

그대
아실 리 있을까

때때로
진한 향기로
피어나는
순수한 마음을

그대
아실 리 있을까

이슬처럼
수정처럼
느낄수록
맑은 그리움을

그대
아실 리 있을까

아! 보배인 듯
숨어 빛나는
아름다운 사랑

내 잔에
가득 채운들

그대
아실 리 있을까

밀어의 다리 위에
황혼이 지네

축복

산다는 건 좋은 것이다
기왕이면
왔다가 가는 길에
사랑 한 줌 더 베풀고

흐르는 물에
죄 한 줌 더 씻어 내면
좋으리라

산다는 건 좋은 것이다
꽃을 보며
숲을 보며
오색 단풍 설화까지

온갖 환희 즐기면서
사랑하고 용서하는
향기로 산다면
이 얼마나 좋은가

인생은 한낱
보장 없는 춘몽이라 해도
철 따라 떠나는 여행
살아 있으니 하는 것이다

예전에는
옥양목 저고리에
무명 치마 다였지만

오늘처럼
천만 가지 넘쳐 나는
이 좋은 세상에
살아간다는 건 축복이다

그곳은

그곳에 가다 보면
하늘에는 낮달이 떠 있고
뒷산에 두견새 우는
아름다운 곳이 있다

찔레꽃 넝쿨로
아치문을 만들어
행복의 집이라
이름 새겨 놓았다

정겨운 담장 아래
달빛 같은 미소를 담은
작약이 피어
행복을 쌓아 가고

조용하게 휘감는
그곳의 정서는
나의 옛 발자취를
옮겨 놓은 것 같다

밤이면 북두칠성이
손끝에 닿을 것 같아
별빛은 또 얼마나
가까이 쏟아질까

아름다운
하늘을 가진
참 좋은 곳이다

그럴 때 있었네

삼월 바람이
겨울만큼 차가워도
햇살 아래 흐르는 냇물에
맨발로 물살을 가르던
그런 삼월이 내게 있었네

푸른 초원에서
들꽃 꺾으며
수풀 가득한 벌판을
친구들과 뛰어놀던
잊지 못할 여름이 내게 있었네

아름답던 곳
억새 사이로 가을이 흘러들고
산마루에 노을이 붉던
그런 멋진 가을도 내게 있었네

마음 창에 걸어 둔
하얀 시 한 줄이
시린 달빛 사랑이 된
그 겨울 깊은 밤도 내게 있었네

지금은
모두가 흘러가 버린
옛일
내가 간직한 아름다운 이야기

삶

한때는
손아귀 아프도록
욕심을 쥐고 살았다

풀섶에 내린 이슬이
그토록 반짝이는 줄
미처 모르고 살았다

겨울 밤하늘에
유난히 촘촘한
별이 빛나는 줄

달빛 타고
전해 오는
내 어머니 그리움마저도

가슴에 묻어 두고
애잔하게
이름만 불러 보며 살았다

그러한
숨 가쁜 삶이라는
젊은 시절이

그로 인해
지금 이렇게
행복을 가져다주었네

이룰 만큼 이루었고
이제는 찬란한 봄이
내게 찾아와 꽃향기를 뿌린다

그 세월 덕분에
오늘은 내 마음에
휘영청 밝은 달이 뜬다

나는 이제 아무 욕심 없이
가볍고 편안하게
감사한 삶을 살고 있네

아침 산책

산책길에 따온
진달래꽃 한 줌
식탁 위에 올려 놓고

진달래 빛깔의
차 한잔 우려 마시니
내가 꽃인 양 활짝 핀다

예쁜 꽃밥을 지어
진달래 꽃잎 몇 장
밥 위에 올려놓으니

세상 부러울 것 없는
나만의 봄인 양
행복이 수북이 쌓인다

당신은 아시나
내가 초록의 나이일 때
제비꽃 꺾어

보라 접시에
앙증맞게 담아서
당신 앞에 내밀었던걸

지금은
철쭉 진달래
이 꽃들이 좋아서

이 꽃 따다가
당신 손에
쥐여 줄까 봐

터질 듯 만삭인
이 봄을
더 오래 붙잡아 두고 싶다

모란

그대를
사랑했을 때
나는
모란으로 피고 싶었다

잊혀지지
않을 것 같아서
나는
모란이고 싶었다

가슴에
하얀 모란이 피면
사랑했노라
말하고 싶었다

맑고 고운
모란으로 피어
아름다운 백화왕의
순수한 사랑을 하고 싶었다

다시 안 올
시간처럼
모란은 노을로 지고

그 사랑
무디어 갈 때
가을바람만 불었다

너 있으면

그립다 하다가
보고 싶다 하다가
너무 오래되었네

언젠가
나 혼자 이러나 싶어
내리는 비에
다 씻어 버렸다

마음에는
바람만 불었다

구절초가 피어 있는
섬 길을 걸을 때
널 닮아 가냘픈
코스모스가 예뻤다

붉게 물든
수평선 위로
억만년 전의
하늘이 맞닿아

오늘도
변함없이
사랑을 하고 있다더라

너 있으면
했는데

까마득한 세월
이제는 너의 모습
생각이 안 난다

낚시와 노인

새벽 4시가 되자
또 어김없이 낚시 도구를 챙겨
바다로 나가는 팔순 노인의
멈출 줄 모르는 열정에
다시 한번 놀란다

먼동이 트려면
아직도 두 시간은 더 남았는데
캄캄한 바닷가로
콧노래 부르며
노인은 걸어간다

고깃배들이 물길을 열어야
갈매기도 나는데
어둑한 새벽 바다
멀리 보이는
등댓불만 깜박인다

그래도 노인은
이마에 작은 전등 하나 달고
연신 미끼를 끼고 있겠지
바다는 노인의 안식처
알수록 존경스럽다

바닷가는 아직 한산하다
사람들 발길도 뜸하다
여전히 날씨는 좋다
땅속 새싹들이
토실하게 고개를 내밀고
이슬 머금고 있는 삼월이다

모처럼 나에게도 허락된
해방과 자유 속으로
인어마냥 첨벙거린다

인생 느즈막에
또 한 자락
행복의 페이지를 넘긴다

별초막 야생화

언젠가
너의 별초막에
꿈동산 같은 텃밭에서

도라지 캐고
씀바귀 캐고
돌미나리 뜯던
그때도 사월이었지

키 작은 꽃들 모아
앞줄에 줄지어 심고
키 큰 해바라기
뒷줄에 씨 뿌렸던

너의 별초막에
아직도 그때 그 꽃봉오리들
무수히 피어 있다는데

그 풀꽃 동산 남겨 놓고
너의 그리움 남겨 놓고
너가 떠난 이별 아픔에
나는 목메어 운다

다시 돌아온 봄날
너를 닮은 야생화가
별초막 꿈동산에
굽이굽이 피었다네

사월 봄날

산과 들이
봄빛 연주를 하며
서곡의 막을 올리고 있다

마디마디 갈라진
나무 끝에도
세월이 아파 울던 새들도

사월 하늘가에
기쁨 한 줄 띄우며
한편의 오페라 무대에 올랐다

모든 기쁨이
봄빛 색채에 물들어
거드름 피우는 바람까지 용서한다

지상은 아름다운
연둣빛 바다 강을
만들어 갈 텐데

이 순간
나는 더 커지는
사월의 사랑 앞에 날개를 단다

사월의 봄이
내 마음속까지
이토록 행복하게 하는가

사월 사랑이
나에게서 떠날까
천천히 조심스럽다

낡은 찻잔

찻잔 하나
꺼내 드니
녹슨 세월이
담겨 있네

그리움을
담아 두었더니
주름진 세월이
고여 있네

손안에
아무것도 없는데
파도가 밀려오듯
마음을 허무는구나

낡은 찻잔처럼
내 손에는
주름밖에 없는데

그래서인가
나의 찻잔도
나처럼
늙어 있구나

아득한 날

지난날
기억 줄 더듬어
매듭을 풀면

내 마음에
나룻배 타고
그 옛날이 올까

아니면
그 옛날
가슴에 불타던
화산 같은 젊음이

세월에 식어
호수에
연잎으로 떠 있을까

참으로
아득한
어제 같은 청춘

오늘은
작은 물소리로
흐르고 있네

목화송이

어둠이 내리는
비탈진 밭에
목화송이 하얗게 피고

온종일
주황색 햇살을
풀어 놓아

바구니 넘치도록
목화솜을
따시던 어머니

파란
목화 열매가
익으면

솜이불 만들어
딸 시집
보낸다시던

깊은
속마음
들려주시던 어머니

다음날도
하얀 목화송이
수북이 따시며

목화밭에
허리 굽혀 계시던
내 어머니 그리웁다

예쁜 하루

새순이 돋아난 나무에
하늘은 따사로운
햇살을 내려 주고

부드러운 바람은
속살에 스며들어
마음은 구름 위에 뜬다

평화로운 산길
키 큰 솔향이
나를 에워싸 반기고

황톳길 밟는 소리에
살며시 따라온
파랑새 한 마리

날갯짓하며
고운 몸으로
나와 산길 여행을 한다

걷다가 뛰다가
하늘 향해
파랑새는 날아가고

산길에 찾아온 봄소식에
화들짝 놀란 진달래가
붉게 피어나고 있다

진달래꽃
피었다 지면
뒤따라 잎이 나겠지

오늘은 내게
풍염한 모란 같은
아름답고 행복한 하루였다

나는

나는
그대에게
늘 봄날이고 싶다

든든한 조력자
미더운
사람이고 싶다

추운 날에는
햇살이 되어 주고
바람 부는 날에는
열두 폭 치마가 되리

몸이 아플 땐
따스한
약손이 되어 주는

나는
그대에게
필요한 사람

나는
그대를
보호해야 할

그대의
동반자
마지막 사랑이다

자연이 키운 아이

들꽃 피고
나비 날 때
한 아름 들꽃 꺾어

머릿방에
꽂아 두고
다소곳한 향기에
미소 짓던 소녀

언제나 강가
자연을 벗하여
이름 모를 감성을
한 꾸러미 들고 오던 소녀

산과 강에
노을이 내리고
석양이 붉게 물들 때

시를 쓰고
일기를 쓰고
사랑도 쓸 줄 알아

남몰래
예쁜 새싹 감추고
가슴속엔
분홍 꽃을 피웠네

지금은
공주처럼 늙고 싶다는
그때 그 아이

하루를 마치며

널브러진 가로수 잎들을
휘감아 불던 바람이

아직도 어지러이
숲을 흔들고 있다

고단한 하루를 접으려
새들은 둥지로 날아들고

나의 하루도
일상을 정돈하려

커튼을 치며
조용히 휴식에 든다

화분에 물도 주었고
장식장 먼지도 닦았고

머릿속이
잘 정리된 옷장처럼 개운하고

잠금을 푼 듯
자유로움으로 채워진다

하루를 잘 정돈하고 마무리하면
행복은 보석처럼 빛이 난다

혹시나

혹시나 두드리나
혹시나 누르나
기다리다 잠시
걱정에 빠졌다

두드리고
누를
그 누가 있기에

해지고 저문데
아부지가
아직도 안 오셔

혼자서
아침 일찍
하루 여행을 떠나셨어

팔순 넘어
나 없으면
안 되는데

따라갈 걸
그랬나
보호자가 필요한 나인데

한참 뒤
띵똥! 아!
반가워서 뛰어나가

아이구 아부지
해죽이 웃는 얼굴
고마워라

사랑

사랑은
눈으로 볼 수 없어도

사막에
생명 꽃을
피우는 것이다

사랑은 그러하다

성난 파도에
부서진
한 조각 물거품도

수평선까지
살아 닿는다

사랑의 힘이다

대지에도
바다에도
손 닿는 곳에

나의 사랑
놓아 두려네

사랑은
넓고
크다

해가 지려 하는데

해가 지고 있는
시골길을 걸으면
옛날 생각이 나서
자꾸 더 좁은 길로 들어선다

어둑한 잿빛이
길을 막아서는데
뒷산 뻐꾸기 울음에
발길이 멈추어 선다

집으로 가야 하는데
돌담길이 왜 그리 정겨운지
땅거미 짙어 와도 흥얼거리며
자꾸 걷는다

나의 발걸음을
정서로 싸매고
내 온 마음을
낭만으로 채우고

추억 사진으로 남기면
어느 곳이든
내가 늙어 가는 삶이
아름다워지겠지

집으로 가는 길
들가에도 등불을 켜 둔다

어느 날

산등성이에
실비 내려 고요롭고
하얀 안개 드리운 날

목련이 지는 소리는
아스라이 밀려오는
그리움이었다

어느 날
향기로 줄을 달아
꽃 그네를 타는

착각처럼
빠져들었던
꿈을 털고 일어났다

멀어진 기억들이
조금씩 돌아와
잊고 살았음을
질책이라도 하는 건가

무수한 세월이 흘러도
인생은 헛되지 않음을
생각하게 한다

바람은 산으로 가고
산등성 그림자는
조용히 흙에 눕는다

저무는 가을

가을이 저물어 갈 때
들판은 빈 몸으로
아직 끝나지 않은
여운을 보듬는다

욕망의 가을이
붉게 익어 물들면
남은 아쉬움은
따가운 햇살 뒤에 숨어
미련처럼 떠돌겠지

모든 것이 비어 가고
허허로워도
경련처럼 일어나는 외로움에
두려워 마라

우주는 영원하고
태양은 다시 뜬다
천체의 운행을
그 누가 막으랴

바람벽으로 에워싸도
이 가을은 갈 것이며
계절은 비틀대지 않고
흔들리지 않아

살아 있으면
만날 수 있는 것이
사계(四季)가 아닌가
나무처럼 꿋꿋하게 살아야

눈뜰 때

아침에
눈뜰 때
깊은 감사를 합니다

하루의
기쁨이
내 안에 선물로
오기 때문입니다

한순간이라도
죄 없이
착하게 살아야 한다고

내가
끊임없이
기도하는 건

나의
좋은 습관을
성취하여

내가 아는
모든 이를 위하고
사랑하여

향기 나는
인생의
맛을 내고

마침내
스스로도
행복해지려는
것입니다

또 하나의 꿈

수정 햇살에
눈부신 아침 하늘과
개울물에 흐르는
무지갯빛 안개가

나를 더 행복하고
평범하게 할
하루의 시작을 열어 준다

꿈이 고여 있는
흙빛 항아리에서
나는 또다시
맑은 시어들을 길어 올린다

더러는
고요한 바다 같고
더러는
설익은 눈빛 같아

조용히 한 줄씩
여백을 채워 가면
어느새 손안에
행복이 가득 찬다

나의 삶에
군더더기를 덜어 내고
나의 행복에는
그 수만큼의
아름다운 꽃을 피우려 한다

한 번 더
나의 꿈을
손끝에서 키워
저마다 이름표를
달아 주려 하네

나는 오늘도
꿈을 향해 걸어간다

행복한 노인

어느 봄날
하늘이 소망을 들어주어
잔비를 내려 주니
익숙한 흙내음이
가슴까지 적신다

찬 공기가 밀려나고
따뜻한 봄 햇살이
더없이 향기로운 날
노인은 여행을 떠날
준비를 한다

구석진 곳에
밀쳐 놓았던
먼지를 털어 내며
능숙하게
가방에 짐을 싼다

여행을 즐기는
노인의 가방은 가볍다
필요한 것만
주섬주섬 챙겨 넣는다

노인은 몹시 즐거워한다
피식 웃는 표정에 오롯한 기쁨뿐이다
남은 여생을
초콜릿처럼 살려고
여행을 떠나려 한단다

그곳엔 봄이 와 있고
등대 아래 갈매기 나는
어부들의 고향이다

한없이 행복해하는
한 사람 앞에
나의 행복도 함께 있다

여행길

행복한 여행길이
오늘도
나와 당신 앞에
마주하네

긴 세월
함께 들고 온
행복은

지지 않고
피어 있는
당신과 나의
찬란한 생명 꽃이네

멀고도 긴
인생 여행길
조건 없이 내어 준
믿음과 사랑의 길

지난날
수레에 싣고 온
수많은 희비를
넓은 고원에 풀어 놓고

이제는
따스한 햇살 아래 누워
하늘에 떠가는 구름 보며
약속한 노년을 아름답게 살아야 해

바닷소리

저편
바다의
아침이 열리면

거기
또 하나
나의 꿈을 심으리

이다음
내가
은행잎처럼
물들 때

바닷소리가
나를 부르면
반짝이는 물결로
다시 오리

다시 와서
꿈을 찾아
한 장면의
풍경이 되리

그때도
파도 소리
밀물 소리 들으며

또 다른
희망을
꿈꾸리라

행복 알기

행복은
내 옆에 있습니다

고개 들면
거기 웃고 있습니다

바라보면
새삼 선한 얼굴

언제나
그 자리에 있습니다

살다 보니
더 좋은 행복이

내 맘처럼
빙그레 웃는 얼굴이

그것이 행복인 줄
마주 보며 알았습니다

누가 허물없이
이리도 살뜰할까

해 뜨는 아침마다
볼 수 있는 감사한 얼굴

나 다 살기까지
함께 한다면

내 늙음도
행복입니다

느티나무 쉼터

수백 년
세월을 업고
하늘 향해 뻗어 오른
저 늠름한 느티나무

사람들은
무성한 둘레의
넓은 쉼터에서
몸과 마음을 휴식한다

비비람 맞으며
긴 세월 한결같이
역사와 인고의
혼이 서린 채

날마다 기품 있고
장대하게 버티고 서서
새들에겐 천국을
사람에겐 쉼터를

모두 내어 주는
저 느티나무
우직하고 고결한 숨결에
나는 절로 겸허해진다

인생 그림

자꾸 채우려
더 가지려
욕심만 부리다가

산이 붉은 줄
물이 푸른 줄
계절 변화를 모르다가

세월 고개
넘고 흘러
그 어느 날

화력처럼
뜨겁고도
커다란 울림이

나를 깨워
일으키고
무거움 내려 주었네

헛되고
부질없다
내던지고 나니

나는 늙고
노인이 되었으나

그래도
가장 좋은
지금이 행복이라

쉬엄쉬엄
인생 그림
완성하려 하네

유월 장미

끝없이 넓은
붉은 장미 마당에

바람이
파도를 만들어 내어

눈부신
꽃물결을 이룬다

어느 누가
상상을 초월할

장미의 들녘을
가꾸어 놓았나

햇살도
설레듯

장미가 지어 놓은
붉은 궁전 앞에서

빨갛게 익어
수줍은 미소를 토한다

나는
온종일

아름다운
유월을 품어 안고

장미의
고운 시를 노래한다

오랜 친구야

산에는
진달래가
활짝 피었네

우리
저 산에
진달래 따러 가자

입술이
파랗도록
진달래 따 먹으며

산토끼
다람쥐처럼
뛰놀던

그때로
한 번
돌아가 보자

우리 어릴 때
이 산 저 산
넘어 다니며

꽃가지
휘젓고
얼마나 신났던가

해 지도록
그러구
산에서 놀았었지

이제는
돌아갈 수 없겠네
호호백발 친구야!

살다 보면

세상일 얼기설기
힘들다 해도
때가 되면 행복하다
웃고 살게 돼

고통과 기쁨이
엇갈려 올 때
분별없는 복잡함에
심란해하여도

한밤중 내리던
빗소리 그치듯
한숨 소리 잦아드는
평온한 날 와

살다 보면
날 위해 돌아볼 여유가 생겨
바다에도 가 보고
산에도 가 보고

빛깔 좋은 사과 배
배부르게 먹으면

살아 본 건 고통 아닌
살아온 건 기쁨이야

오를 땐 힘들었어도
내려왔어도 허망하지 않다
말할 수 있지

고통도 사랑도
모두 행복일 뿐이야

어떤 위안

누군가 힘들어하며
절망의 끝에서
슬퍼하고 있을 때

우리는 그 어떤 말로도
위로할 수 없다
경험 없는 말 쉽게 할 수는 있어도
결코 옳은 위안이 될 수 없다

그의 아픔을
얼마나 안다고
섣불리 말할 수도 없다

그저 묵묵히
곁에서 바라봐 주고
함께 숨 쉬고
함께 공기가 되어 주고

이해하려 애쓰며
기다려 주면 된다
깊은 한숨에서
깊은 슬픔에서 헤어나오면

그때 따뜻한 마음으로
데워주고 사랑해 주면
그러면 힘이 되고 위로가 된다
나이 들어 알게 된 지혜이리라

삶의 힘

나이 칠십 중반
이제는 몸보다
정신을 더 중요하게
보살펴야겠다

몸은 좋은 영양분으로
충분히 가득 차 있다
기본만 챙겨도 넘칠 만큼
가득 차 있다

육신 건강을
염려하는 동안
정신은 조금씩 비어 가고
방금 떠올렸던 생각도 잊는다

이젠 정신 건강에도
빛깔 무늬를 넣어
화려한 날개를 달아 줘야 한다
좁은 방에 가두어 놓은 기억도 불러내야 한다

몸속에는 매일 무지개 색의
음식을 제공하면서
머릿속에는 캄캄한 별이 막아서도
그냥 지나친다

내 정신이 맑고 건강하도록
소통할 사람들 더 자주 만나
친근한 정을 나눌
행복한 시간을 가져야 한다

육체와 정신
어느 것도 세심히 돌봐야 할 때
내 인생의 주인공이 되어
아름다운 인생을 살아야 한다

정신이 기억 뒤에 숨어 버리지 않게
나로 인하여
내 손으로 인하여
내 삶이 힘 나도록 살찌워야 한다

노을 길

노을이 아름다워
산과 들이 마주한
굽은 사잇길 걸어
산새 지저귀는
한적한 숲길에 오른다

골짜기에는
낙엽 구르고
나뭇잎은 층층이 물들어
수분 잃은 갈증에 매달려 있다

세월이 멈추지 않아
숨 한번 고를 사이 없이
계절은 변화의 채찍으로
또다시 쳇바퀴를 돌고 있다

바윗돌은 말없이 침묵하며
언제나 계절이 변하여도 불평이 없다
꺾일 일도 없으며
넘어질 일도 없는 계곡의 바위

다만 길손들의
오가는 쉼터가 되어 주고
평화로운 장소가 되어 준다
이렇게 자연을 감상하다 보면

해거름에 돌아갈
노을길은
행복하고 아름다운 길이 된다

시간 행복

산굽이 돌아들면
안개 두른 오월 푸름이
청량하게 고여 있어

가만히 서 있으면
온몸을 감싸는
이 평화로움 이 행복

서늘하도록
푸른 숲 파도에 실려
내 마음 어디까지 떠밀려 갈까

산 아래 터를 잡고
삶을 풀어 놓았으니
날마다 새소리 바람 소리 듣는구나

주홍색의 노을이
더욱 아름다운
오월의 끝자락

아카시아 만개한
향기의 바다에
풀잎 배 하나 띄워
행복으로 노 저으리

소리 없는 기도

널 위해
나는 말없이
기도를 한다

이렇게
마음으로
가슴으로

너에게서
메아리가 돌아오길
기도를 한다

한 땀씩 떠서
보고픔을 새기고
엉클어진 세월을 풀어도

내 곁에
너는 있지 않고
나이만 드는구나

무사하도록
오늘도 널 위해
나는 기도를 한다

그리운 날

아무것도
마주치지 않는
침묵 속의
길을 걷는다

조용히
명상하며
겹겹이 두른
세월 속을 걷는다

그리움의
저편
그대가 슬퍼하면
나는 눈물이 난다

내가
사랑했던
한 사람이
내 안의 등불을 켜면

나는
행복해서 웃고
그 사랑이
그리워 운다

다시 못 올
그 사랑이
꽃 지듯
지고 없는데도

가을 뒷모습

절반을 비워 내고도
말 없는 저 산은
우직하게 서 있다

마른 언덕은
차가운
비바람을 맞고

홀홀히 누운
낙엽들은
마지막 혼으로 운다

가을이 가면서
삶의 기쁨과
고운 기억들을 남겼다

이 가을의 모습을
저장해 둔 채
구름 산맥 먼 곳으로 떠났네

머뭇거릴
시간이 없었나
아직 노을이 남아 있는데

지상에서의
이별을 서둘러
별이 뜨기 전에 떠났네

십이월의 여유

마음이 한 뼘 더 자라고
성숙이 더해지는
차분한 계절
한 해를 정리하는 데
참 좋은 달이다

왠지
기쁨이 열릴 것 같은
십이월의 여유
그리운 것과 아름다운 것을
간직하기 좋은 조용한 달이다

따뜻한 햇살이
창가에 비치고
산도 품고 있던
계절을 정리한다

조금은 허전하고
빈듯한 마음에
십이월의 바람이
불고 있다

세상 끄나풀에 매인
아픔들이
십이월의 끝에서
모두 떠나가면
새로운 날의 기쁨이
여유와 자유로 올 것이다

좋은 날

봄날 꽃바다에
햇살이 차분히
내려앉으면

수많은 보석들이
바이올린의 아련한
연주를 한다

뭇 꽃들에 이는
햇살 바람은
나와 모두의 가슴에 향기를 전한다

은혜와
사랑을 부음 받는
거룩한 날에

어떤 이는
바다로 가서
끝없는 수평선 바라보며

평화로운
자유와
희망을 건져 올린다

어떤 이는
산으로 가서
불전에 조건 없는 자비를 바치고

억겁 세월의
기운을 품은
거목 앞에서

고고한 신비로움에
합장하며
좋은 날 좋은 곳에서 행복해한다

봄뜰

봄이 오는 뜰에
이름 모를 새싹들이
물방울 입에 물고
돋아나고 있네

하찮은 풀잎들이
어디 있으랴
조그만 새싹 하나도
이리 예쁜데

이 봄이 피워 낼
수많은 꽃 중에
나를 물들일
꽃도 피겠지

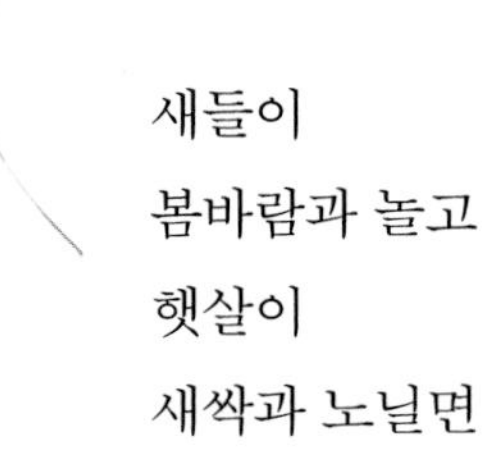

새들이
봄바람과 놀고
햇살이
새싹과 노닐면

나는
봄꽃 곱게 필
예쁜 뜰에서
구름과 놀아야지

입춘

어김없이
찾아오는 절기
봄빛 화사함이
마음 안으로 번지는 것 같다

창밖
저만치
자연이 선물한
넓은 산 정원에

겨울바람
밀어내고
따스한 햇살을
걸어 두려나 보다

아직 이른데
봄 새 날아들고
찬 기운에 숨죽이던 다람쥐
양식을 찾아 뛰어다닌다

오늘은 나도
약속을 잡은 날
오랜 인연 만나러
길 나서야겠다

입춘이라 왠지
행운이
찾아올 것만 같은
다정한 날이다

이름 모를 새 한 마리

새 한 마리
뒷산에서
슬피 울더니

내 마음
훔쳐 가서
스펀지처럼 흡수된
그리움을 자아내고 있다

어느 첩첩한
깊은 산속에서 날아왔나
이름 모를 새 한 마리
숨 고르지 못하고 울고 있다

화려한 차림새로
이 나무 저 나무 건너며
구슬피 울고 있다

남색 재킷을 입은
긴꼬리 깃털
생김새가 멋진 외래종인가

저 산길에
뻐꾸기 한 쌍은
왜 또 저리 울고 있을까

이 겨울

조용히 눈 감고
봄날 아지랑이를 그려 보면
이 겨울의 마음이
따뜻해지겠지

봄 들길에
예쁘게 핀
들꽃을 생각하면
이 겨울의 마음이 포근하겠지

겨울 해가
잠깐 사이 넘어가고
싸늘한 달빛 쏟아질 때도

봄날 유채꽃을 떠올리면
엄마 가슴처럼
따뜻해지겠지

겨울은 자꾸
추억 몇 줄
기억 몇 가닥
찬바람에 휘어지니 싫다

마음속에다
봄 뜰에 필
온갖 꽃들 불러 모으고

우두커니 멍한
이 겨울을 이겨 낼
등잔불 환하게 밝혀야겠다

나들이

가시 박힌 냉기 속
살얼음 녹여 내고
봄의 전령사가
실 개울가에서
몸단장을 하고 있다

언제 와서
흙길을 메웠는가
구겨진 마른자리에
새 풀들이
기지개를 켜고 있네

점점 가까이 들리는
소식 한 장 넘기는 소리
봄이 오는 저 언덕 뒤
뉘 있기에
돌아오는 메아리인가

나들이 길에
그립다는 말 전할 곳 있어
비운 채로
붉은 심장 소리만
보냈는데

곧장 달려와 안기는
호수 같은 그대 사랑
황혼의 봄 사랑

봄날의 연주

봄날 꽃바다에
햇살 차분히 내려앉으니

수많은 보석들이
바이올린의 살아 있는
연주를 한다

뭇 꽃들이
초승달 같은 눈웃음으로
하늘이 빚어 놓은

미소로 단장하고
휘파람 악기로
연주를 한다

알록달록
근사한 파티장엔
햇살이 둘러앉아

향기로운 봄날을
즐기고 있다

완전한 봄이다
세상이 아름다워졌다

꽃처럼
나도 누구에겐가
기쁨을 줘야겠다

살아 있음에
감사하며

비가 그치면

이 밤 이 비가 그치면
풀꽃이 필 거야
산은 말끔한 차림으로
산새 소리 반기고

흙 이불 삼아
단잠에서 깨어난 잡초들
뾰족이 손 내밀 거야

겨우내 목말랐던
이름 모를 여름 풀들
실눈 뜨고
세상을 훔쳐볼 거야

간혹 십자 모양
꽃술을 달고
아주 작은 몸짓으로
예쁘게 길가에 필 거야

조금 더 있으면
금색 저고리에
자주색 고름을 달고

눈부시게 무리 지어
사랑스럽고 앙증맞게
꽃들이 필 거야

오늘 밤 비에
해묵은 마른 껍질은
혼과 함께 한 장의 사랑을 남기고
영원히 떠나갈 거야

참사랑

사랑은 아름다운 것
물결처럼 곱고

햇살처럼
따뜻해

떨리는 숨소리 같고
타 내리는 심장 소리 같아

생명처럼
귀한 사랑이란다

마음의 호수에
종이배 띄워

별빛 하나 달빛 하나
실어 보내면

돌아오는 답장은
사랑한다 적었네

목메이게
아름다운 사랑

늙어 다시는
그런 사랑 안 온다네

마음을 남기고 간
아름다운 참사랑

들꽃

곱디 고와라
널 보며
오늘은 내 마음에
기쁨을 입힌다

바람에 흔들리며
수줍게 피어난
들꽃

내 잠시
너의 곁에서
행복해질 수 있구나

노랑 보라 자주
색색으로 핀
너의 이름은
들꽃

소소한
너의 향기
내게 드리우는 날

내가

당신 눈 속에
내가 한 송이
꽃이었을 때

당신 마음에
내가 한 송이
수선화였을 때

나는
행복했었다

세월이
언제 흘러갔나

지금도
연못에는
수선화 피는데

어느새
노년이라니

당신 손 잡고
온기 나누며
더 오래 행복하자며

간절하게
내가 말하고 있네

유월 숲

유월 숲이
청정한 물감을
풀어놓으면

녹빛 강 되어
흐르고
그 푸른 강에
햇살도 내려와 잠긴다

숲은
물결 흐르는
소리를 내며
바람을 불러 모은다

모든
자연의 언어들이
한데 모여
다정하게 속삭이면

새들도 거들어
한껏
목청을 돋운다

그곳의 봄

그곳에는 언제나
봄이 있습니다
그 봄은 오래도록
나와 함께 있습니다

아득히 먼
첫사랑의
봄 말입니다

얼굴이 하얀
곱던 한 소녀가
봄날 언덕에 올라

누군가를
그리워하던
그 봄 말입니다

철없이 눈물짓고
철없이 아파했던
그 봄은 지금도
나와 함께 있습니다

꽃피는 날에도
석류 익는 날에도
나는
그 봄을 쥐고 갑니다

나의 삶을 다 살고
영원함이 있다면
그 봄 뜰에
인연꽃이 피려나

물빛 그리움

다시 가자
물빛 그리움이 있는 곳으로
버들가지 눈뜨는
거기로 가자

가보면 알 거야
그리움이 싹터서
물보라의 사랑이 되었던
고운 추억의
흔적 있을 거야

거기로 가자
찬란한 석양과
영롱한 물빛 그리움
흐르던 거기
기대고픈 정 하나 있을 거야

나 살아 있고
아직 열정 있으니
지금 찾아가자
그 아름다운 강물이
다 흘러갔다 해도
그래 가 보자

오월 녹빛

오월 아침
초록 내음이
비처럼 쏟아지는
숲으로 가자

숲 강에 안개 내려
녹빛 물결 이는
저 숲으로 가자

실비단 끝동에
초록 수를 놓은들
오월 녹빛만 하랴

내 몸에 두를
고운 빛깔 입으러
숲으로 가자

그윽하고 맑은 향기
수북이 담아
나도 오늘
오월 녹빛 향기로 아침을 맞자

비 오는 날

먹구름이 온다
비를 몰고 온다

아차
멸치 육수를 내야지

생각만 해도
입맛이 돈다

궂은날에는
뜨끈한 멸치국수지

배추김치 듬성 썰어
얹어야지

내 어머니는
데친 부추를
살짝 올려 주셨는데

아침 풀꽃

아침 산책 길에
아기자기 피어 있는
고운 풀꽃이 좋더라

나도
저 풀꽃처럼 예쁘게
그리 살다 가고 싶다

흔하게 피었어도
예쁘기는
한층 더 하더라

이슬 밭에 잠들고
이슬 먹고 방긋 웃는
아주 작은 아침 풀꽃

나도
저리 곱게 피어 있는
고운 빛깔로

아침 길에
보석 같은
풀꽃으로 살고 싶다

너와 나의 뜰에

햇볕 마주한
양지 쪽에
풀포기마다 토실하게
봄기운 머금고

가지 끝에는
봄빛 바라기 새순이
볼륨 있게 터져 나와
연두빛 얼굴을 내미는구나

바람 한 줄
솔빛 리본을 달고
너와 나의 뜰에
그윽하게 불고 있다

내 마음도
물길처럼 한가로이
봄맞이 연주를 하며
해묵은 잡념을 씻어 낸다

긴 겨울 지나오며
온통 차가운 눈발 아래
건달 바람만
거리를 휩쓸었는데

어느새 너와 나의 뜰에
행복을 꽃피우려
봄이 저만치에서
다가오고 있다

너와 내게
봄이 오면
어느 것 하나라도 모두
봄빛으로 채우자

우울했던
회색 마음자리
봄이 오는
행복으로 즐거워하자

옥매화가
매혹적으로 피면
너와 나의 뜰에
사랑이 문을 열 거야

지난겨울
덩그러니 두고 온
뿌연 기억 줄은
세월 속으로 떠나보내자

산야에
꽃 피고 새 울 때
너와 나 미풍으로 만나
아름다운 진주가 되자

서산 해가 주황빛 노을로
물들어 가도
우리 늙어 감을
애석해 말자

너와 나의
봄 뜰에
쌓이는 그리움을
사랑이라 쓰자

초록빛

정오의
초록빛이
책상 위에
살포시 놓여 있네

유리문 틈으로
새어 들어온 햇살이
한 단의
초록 향기다

숲을 깨우는
새 울음인가
언덕에 뿌려진
아지랑이인가

햇살까지도
모두
초록빛 아래 모였네
초록물이 들었네

구름 가는 곳

구름이
남으로 흘러가다
끝나는 그 어디쯤에

내가
뛰놀던
고향이 있네

나이 들어
한가한 시간에
자주 생각나는 고향

그곳 흙내음
산천의 풍경
다 그립네

고향에 부는 바람은
긴 하루 지친
피곤을 풀어 주고

냇가
물소리는
젖은 땀내 씻어 주었네

석양이 물들면
금빛 출렁이는 강
아름다운 노을 사랑

지금은 모두 다
눈물 나도록
보석 같은 그리움이네

오월 아침

안개 머금은
싱그러운 아침
화사한 오월의
문을 연다

오월이 오더니
나무마다
연녹색 옷을 입고

초록이 물든
무성한
숲 지붕을
올려놓았네

내 몸도
내 마음도
청정함으로 갈아입고

상큼한 오월의
여왕이 된 것 같아
그리운 이들에게
오월의 인사를 건네고 싶어진다

이 좋은
오월에
무슨 고뇌가 있으랴

푸른 물감
뚝뚝 뜨는
싱그러운 이 아침

전신에
전율을 느끼며
내가 행복해지니
더 사랑스럽구나 오월아!

흐린 날

내 집 앞
산이 나지막해
자락마다
안개 덮이고

숨죽여
내리는 비에
철쭉은
홍건히 진다

수풀은
잿빛 가리워진
햇살을
더듬고

바람은
내 기억을
떠돌게 한다

어수선한
이런 날엔
책 한 권에 겸손해지리

내 안의 고움

흙내음 떠도는
작은 뜰에
무지개 닮은
햇살이 비추면

하늘 향해
자라날
꽃씨를
뿌려 보렴

어느 날
수정 같은
이슬에
얼굴 씻으러 올 거야

마음의 뜰에도
미소를 뿌리고

기쁨 바구니 차도록
향기를 뿌려 보렴

마음은 행복으로
가슴은 사랑으로

내 안에
고움을 채워 보렴

안개 강

마음 한 켠에
품어 사는
안개 강 하나 있네

잊을 수 없는
아름다운
새벽 강 하나 있네

그 강
내가 이별하고 돌아선
안개 강이네

달 뜨는
밤이면
청물감 붓으로

연모하는 마음
은하수 흐르듯
그려 내고

달빛에 기대어
그리움 달래던
그런 강 하나 있네

지금도
그 강 그대로 있으면
나 다시 가서 보고 올 텐데

그리운 고향

아직도
마음 문 열면
고향 그리움
가득 차 있다

아련하여
그 문을 열면
그때의 내음이 난다

가고 싶은
향수앓이인가
노을 강 때문인가

세월 가도
버들길
아지랑이길

강가
우두커니 서 있는
두 그루 버드나무

그 옆 가서
풀섶에
앉고 싶다

꽃길

오늘
유난히 고운
꽃길을 만났으니

꽃 속에
나를 가두어
향기로 물들고 싶다

일상 속의 나에서
오늘은 꽃과 어우러져
아름다운 날로 채우고 싶다

가슴에 꽃물이 고여
꽃잎 배 타고
온종일 떠다니면 좋겠다

젊은 날에는
보이지 않던 풍경들이
상상을 넘어 아름답다

어느 것 하나
무심할 리 없고 행복함에서
벗어날 수 없다

이렇게 좋은 날
꽃길 따라 걷노라니
이는 천국의 꽃밭이 아닐까

천국에는
새 울고 나비 날고
꽃들이 만발한다는데

바다보다
산보다
이만큼 화려한 꽃길이라면

온갖 시름 다 놓고
꽃 호수에 누워
쉬어 보리라

예쁜 추억

너
그리운 날

달빛 더듬어
강가에서

난
너에게로 흘렀지

너
그리운 날

나는
달빛 시를 쓰며

지난날
내게 불러 준

너의
고운 목소리

"그 집 앞"을
추억했지

참 예쁜
추억 하나를

나는
간직하고 사네

창

솔 향기
바람 타고 와

내 창에
머무네

시가 걸린
나의 창에

햇살이
따사롭다

거기
내가 있고

그대
있으리니

사랑 한 줄
노을로

내 가슴에
고이네

이 봄에

생각난다는
말 대신
붉은 진달래로
피면 어떨까

보고 싶다는
말 대신
하얀 목련으로
피면 어떨까

내 그리운 마음이
풍염한 모란으로
핀다면
그대는 백일홍으로 피렴

때가 되면
사랑꽃도
인연꽃도
진다기에

못다 한 사랑
이 봄에
꽃처럼 아름다운
노을로 피면 어떨까

우리

내가
당신 옆에 있고
당신이
내 옆에 있으니
좋아라

당신 있어
아침 일찍
신선한 공기와
햇살 받으니
참 좋아라

우리가 되어
지켜 주며 보호하여
두려움 없으니
그래서 더욱
좋아라

우리 마주하며
살아갈 세월 동안
당신 참 좋은 사람
나도 좋은 사람으로

봄비

봄비 내리던
어느 날
너의 집 울타리에도
붉은 장미가 피었더라

생각이 나서
보고 싶어서
울타리 너머로
기웃댔는데

빗물이
등에 젖어
돌아서려 할 때

너가 떠난
빈 마당에
비에 젖은
장미가 울고 있더라

언제 올지 모를
기약 없는 약속이
기다림처럼
슬펐지만

이따금
너를 생각하며
울타리 너머
봄비로 찾아갈래라

가는 여름

여름이 가는
아쉬움 뒤에는
다시 찾아오는
가을이 있다

뜨겁던 여름이
서서히 기세를 접고
푸른 파도 모래밭
부서진 조개껍질

여기저기
흔적을 남기고
떠나가고 있다

그늘에 숨어 있던
바람조차
여름을 다독여 보낸다

마법 같은 계절이
땀에 젖은
등 옷을 말리고

타던 대지는
서늘한 가을 목전에서
평온을 찾는다

가을 문턱

느릿느릿
한 잎씩
낙엽 지는 노을길을
천천히 걷노라면

산등성이 걸쳐 있는
세월이
가을 속으로
젖어 들고 있음을 느낀다

또 한 번
삶의 여정을
밟고 지나갈
가을 문턱에서

나의 시간도
한걸음 더
은발로 물들어
가을 벼랑에 이르겠지

허무로움이
한 올 한 올 감겨 오고
목쉬게 우는 허약한 외로움이
가을로 내게 스러져 안기면

나는 정말
그 목마름을 축여 줄 수 있을까
핏빛 같은 생명 고통을
달래 줄 수 있을까

정류장 불빛 같은
쓸쓸한 가을이 오면

나도 낮은 데로
세월 강 따라 흘러갈 것인데

국화로 피어

어느 날
내게 했던
다정한 말이

꽃으로 피어나
그대
향기로 가득해

덧없이
지기 전에
별 헤듯 시를 써서

다정했던
그대에게
보내고 싶어

차갑게
서리 내리면
국화는 더욱 향기롭고

어디에
놓아도
아름다울

다정한
국화로 피어
내 마음에
그대를 채우고 싶어

가을 영혼

가을이 오면
창밖 서러이 흩어지는
낙엽들이
어디엔가 또
가녀린 고독을 낳겠지요

바람에 업혀 온
소슬한 가을빛이
잎새 갈피에 물들며
어느 쓸쓸한 이별을
남기겠지요

가을 영혼 속으로 스미며
나는 숲속 작은 카페에서
호젓이 가을 편지 한 장
마음 가는 곳에 쓰렵니다

이름 없는 들꽃이
소리 없이 질 때도
산 수풀 성근 사이로
달빛 흐르는
그리움을 쓰렵니다

길옆 코스모스
바람에 흔들려
서글피 울음 터뜨릴 때
가을 영혼의 사랑은
따뜻한 가슴이라 쓰렵니다

단풍

여름내 고인 초록빛
꽃잎처럼 곱게
물들고 있다

가을 옷으로
갈아입은 단풍이
바람에 옷고름 조여 맨다

어느 날 어느 시간이 오면
지상에 떨어져 누워
빈손으로 가슴을 두드릴 낙엽

그리고는
밟히고 어스러지고
변해 버린 모습으로

흙내 나는 이슬길에서
영원히
사라지리라

세상살이 안팎에
웃고 우는 인생도
지천에 생명이 떠나듯

너도나도
남긴 자리 빗질하고
흔적 없이 돌아가리라

엄마 생각

비 오는 날엔
더 많이 생각이 나요

안개 자욱한 날에도
한없이 생각이 나요

하얀 찔레꽃
한창인 날

눈물 나도록
생각이 나요

엄마가
내게 있는 날은

하얀 찔레꽃이
피는 날

아직도 내 맘에
엄마 고이 간직한 채

하얀 찔레가 핀
뒷 등에 올라 봅니다

엄마 사랑받고 싶어
그리워 너무 그리워

거울 속 나

거울을 본다
물기 없는
마른 풀 같다

윤기는
주름 사이로
빠져나가

우윳빛은
간데없고
탄력을 잃었다

그물처럼
줄진 나잇살
착각 속에서
사는가 보다

세월에
그을려
빛바랜 모습

그래도
이만큼은 되니
감사하지 않나

모든 것은
지나갈 뿐
다시 오지 않는다

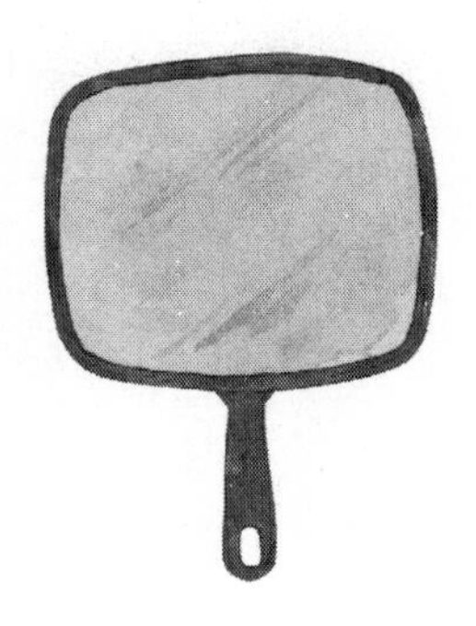

삶의 끝

깊게 내뱉은
한마디

더 살지
친구야!

한숨 소리
허공을 가른다

공허함이다
허망함이다

손에 남겨진
허무

슬픔은
한동안 강물이리라

다 놓고 간
홀갑함이

그대
편히 쉬게 하리라

평화의 기도 속에
영원히 잠드시라

정월의 달

정월 보름달은
그리움이며
사랑입니다

가장 커다랗게 뜬
보고픔이고
감사입니다

정월보름
다음날
열엿새

내 어머니
날 낳으시고
기뻐하셨다지요

있는 듯 없는 듯
순둥이 외동딸로

조용하고 얌전하게
잘 자랐다네요

논밭에 엎드려
손발이 부르트셨던
내 어머니

날 키우시느라
고생하신
내 어머니

지금도 그 딸은
돌아누워
베갯잇 적십니다

하도 그리워서…

산

오르고 싶어도
못 오르는
높은 산

마음은 숲인데
못 가 보는
저 산

올라 보면 될까
바라만 보는
큰 산

발길 멈춰 선 채
오늘도
오를 수 없는

아!
내 늙음이여
세월이여

시월 하루

햇살 좋은
시월 하루를
한 잎씩 지는
산길에서 보낸다

새 한 마리
억새 소리에
하늘 높이 날고
나도 행복하다

산속
옹달샘이
오감을 깨우는
좋은 날

가을 색채 담아
누군가에게
선물하고 싶은
그림같이 행복한 하루

칠월

한때는 칠월이
나에게 상큼한 청포도의
그리움이었고

한때는 칠월이
나에게 향기로운 젊음의
약속이었다

바다로 가도
산으로 가도

나의 칠월은
타오르는 아름다운
청춘의 열정이었고

꿈과 이상을 좇아
높이 나는 젊음의 피로
끓었다

한때 나의 칠월은
그래서 뜨거운 날에도
파랗게 청포도가 익어갔나 보다

내게
젊은 칠월은
아름다웠다

나의 하루

어둑한 산기슭에
별빛이 흐르면

내 안에 스며 있는
일상의 잔물결과

책갈피에 차곡한
하루의 상념들을
말끔히 정돈하고

동화나라
보물 속으로
꿈길에 든다

고인 별빛이
창가를 비추며

거울처럼 들여다봤을
하찮은 나는
별궁전 비밀 안고
오작교를 건넜던가

달콤한 잠꼬대로
꿈을 깨워 일으켰네

가을 끝에서

절반을 비워 내고도
정직하고 우직한
산은 말이 없다

마른 언덕은
차갑게 스치는
바람을 맞으며

홀홀히 누운 낙엽은
한 잎 혼을 끌어안고
글썽인다

그래도 가을이 가며
아름다운 추억을
남겨 놓았다

곧
서릿발
설한이 찾아오기 전

구름 산맥
먼 곳으로
이 가을을 보내야겠다

늦가을

갈대가
휘도록
바람이 분다

해넘이가
쓸쓸한
휑한 가을

어둠이
내리고
풀벌레가 운다

간혹
남아 있는
나뭇잎

빈 가슴
떨며 운다

나도
가을을 탄다

송곳과 사랑

희망과 인내
온유가 있는 곳에
사랑도 있습니다

너그러움과 베품이
함께하는 곳에
아름다운 마음이
있습니다

아무리 예리하고
날카로운 끝이라도
사랑의 힘으로
녹여 냅니다

어쩌면
우리 사는 인생에
진리이며 발자국이지요

세모 네모가 만나
힘들고 불편하게
산다 할지라도

살다가 정들면
그 일곱 모서리 닳아
커다란 원이 되는 사랑

비로소
아름답게 다듬어
가슴 벅찬 행복 채우며
진흙 속 진주처럼
칼끝도 녹인답니다

예측할 수 없는
날카로운 사람도
모성의 사랑이라면
늦게 피워도
아름다운 꽃을 피웁니다

송곳으로
사랑을
뚫을 수는 없습니다

오월 숲 바다

산들이 더욱
투명한 초록으로
물들어 가는 오월이
넓은 해면처럼 일렁인다

내가 자리 잡고 사는 곳
온갖 풀 내음과
달과 별이 빛나는
평화로운 산자락 아래다

저녁 풍경이면
풀벌레가 신비롭게도
아스라이 높게 떠 있는
별들과 합창을 한다
내 어릴 때 고향 같다

마음이 고요로울 때면
저 숲의 포근한 품에 들어
숨어 있는 그리움 하나를
들추어낸다

때론 한잔의 따스함으로
별빛 아래 서면
초목은 싱그러운 애정을
내게 보내고

그 가지 끝에서
내 마음은
흔들리는 추억 목마를 타고
아련한 기억 속을 배회한다

내 얼마나
숲과 별과 나무를
사랑하는지

내 얼마나
달과 하늘과 바람을
사랑하는지

생각만 해도
자연이란
나를 가슴 뛰게 하고
성숙하게 하고
정숙하게 하는지

내 삶의 바다에
오로지 감사와 기쁨의
배를 띄운다

생각해 보면
자연에서 얻어 온 것이
너무나 많다
모든 것을 거저 가져다 썼다

수많은 언어들 시어들
감성과 감정의 느낌들
내가 사용한 무한한 표현들
이 많은 선물을 내 맘대로 빌려다 썼다

이렇게 복된 삶을 누리고 살다가
다 돌려놓아야 할 때가 되면
무엇으로 어떻게 자연에 보상해야 할까

그러기에 지금처럼
이 모든 것 내게 허락해 주신
하느님께 진심 감사드리며
올곧게 살아야 하리라

노년을 향기 나게

산 위에도 계곡에도
뿌연 운무가
성애처럼 깔려 있는 아침

살며시 바람 한 줄 일어나
초록이 뚝뚝 뜨는
숲에서 불고 있다

어린 고사리 풀이
작은 숲으로 자라나고
채 펴지 못한 손끝에는
파란 이슬 미소가 달려 있다

숲은 점점
진한 색감을 드러내며
하늘만큼 넓게
푸르디 푸른 기쁨을 그려 내는데

나에게 있는 따스함으로
부드럽게 데워진
마음의 온도를
사랑하는 그대 가슴에
흐르게 하리

많은 세월을 먹고 온 나이
이제는 포근한 솜 위에 누운 듯
조금씩 평온함에
쉬어 가도 좋으리라

또한
한 번뿐인 생애에
한 떨기 내 꿈과 사랑을
지금의 삶 속에
빛나는 깃발로 남겨 두고 싶음이라

이렇게 좋은 날
노년에도
마음은 꽃처럼 살고
가슴은 향기처럼 산다면

길마다 배어 있는
신선한 푸른 내음이
모두 풍부하고 아름다운
내 것이 되리라